銀《ぎん》杏《なん》堂《どう》

作・絵　橘 春香

偕成社

骨董 銀杏堂
銀杏堂
骨董
営業中

銀杏堂

プロローグ

レンちゃんが住んでいる町には、駅からまっすぐ南へのびた〈大学通り〉という桜並木《さくらなみき》の通りがあります。レンちゃんは小学校にかよいはじめてから、この道をいつも通るようになりました。

この通りぞいに、レンちゃんは気になるお店を発見しました。とても小さいお店で、こまごましたものが、ところせましとならんでいます。なにを売っているお店なのかは、よくわかりません。お客さんはたまにいますが、そんなにたくさんではなくて、たいがいは、なかをひとまわりして出てくるか、お店の人とおしゃべりして出てくるだけで、買い物をして出てくる人のすがたを見ることはありませんでした。

お店の看板《かんばん》には、「銀杏堂」と書いてありました。むずかしい漢字なので読めませんでしたが、ママに聞いたら、「ぎんなんどう」と読むのだと教えてくれました。

あるときレンちゃんが、お店の入り口からなかをのぞいてみると、いちばん奥《おく》につくえがあって、そのまた奥に、小さいおばあさんがすわっていました。小さいおばあさんは帳面になにか書きつけたり、立ちあがって、店にある重いものを細い片手《かたて》でひょいと持ちあげたり、たばこをとりだして、すぱすぱすったりしていました。このおばあさんは、いまでこそしわしわのおばあさんだけれど、若《わか》いころは、ものすごい美人だったにちがいありません。

それからレンちゃんは、おばあさんが、きびきびと働《はたら》いているようすをながめながら、この店のまえを通るようになりました。お店に置いてあるものはなんなのか知りたい、それと、おばあさんとお話ししてみたい、という思いは日に日に強くなり、ついにレンちゃんは勇気《ゆうき》をふりしぼって、お店に入ってみようと決心したのです。

今日こそはお店に入ってみようと決めた日は、なんだかもう、学校にいても、学校にはいないみたいに、なにも聞こえないし、なにも見えないみたいな気分でした。でも、いざ学校の帰りにお店のまえまで来てみると、今日じゃなくてもいいような気がしてきました。今日はやめて明日にしようかなあ、と思いましたが、そんなことをしていたら、今日と同じことが、この先もずーっと、ずーっと、くりかえされるだけです。なぞは永遠《えいえん》になぞのままま。それは、やっぱりいやでした。

それで、いよいよ戸口のそばに立ちますと、ふしぎなことに今日は、お客さんもおばあさんも、だれもいませんでした。お店のとびらはあいたままです。

これはチャンスです。なぜって、もちろんレンちゃんは小さなおばあさんと話してみた

いと思ってはいましたが、同時に少しこわくもあったからです。お店に入ってみることと、おばあさんとお話しすることを、両方いっぺんにやってみるよりは、ひとつずつのほうが気がらくでした。おばあさんがいないのなら、今日はお店にちょっと入ってみて、すぐ出てくればいい。そう考えると、力が出ました。そして、ふうっと深呼吸《しんこきゅう》して、お店に一歩、入りました。

お店のなかはうす暗く、少しかびくさいようなにおいがしました。レンちゃんはこのにおいが気に入りました。

目のまえには、想像《そうぞう》していた以上《いじょう》にたくさんのものが、ぎっしりならんでいました。それなのに、ちりひとつありません。レンちゃんは、ものの多さに圧倒《あっとう》され、そのうえ、それがいったいなんなのか、わかるものがひとつもなかったので、しばらく、なにかひとつをちゃんと見ることもできず、立ちつくしてしまいました。

やっと気をとりなおすと、まずいちばん近くにあるものから、じっくり見てみようと決めました。名前も、使い道もわからないものばかりでしたが、たいせつにかざってあることがわかったので、レンちゃんは、とてもしんちょうに、手をのばしました。そのとき、

「ここは、子どもはおことわりの店なんだがね」

と、声がしました。

レンちゃんは、ふいに話しかけられて、びっくりしました。心臓《しんぞう》がどきん！と、痛《いた》いほど鳴りました。声のほうをふりかえると、あのおばあさんがもどってきていて、いつものいちばん奥《おく》のつくえで、こちらを見もしないで、なにかノートに書きつけていました。

「子どもが遊べるものなんか、うちには置いてないよ」

と、おばあさんは、またしても下を向いたままいいました。

レンちゃんはなにもいえずに、かたまってしまいました。悲しい気持ちがおなかのずっと下のほうからこみあげてきて、それが涙《なみだ》になって目の表面にぐぐっと盛《も》りあがってくるのをかんじました。

そうです、レンちゃんは、このおばあさんのことが好《す》きでしたので、まさか自分が、こんなふうにひどいあつかいをされるとは夢《ゆめ》にも思っていませんでした。子どもだからというだけで、この店から出ろなんて。レンちゃんがどんな人なのか、知りもしないで。

ここで泣《な》くのはとてもくやしいことでしたが、それをおさえるのは、とうてい無理《むり》でした。レンちゃんはせめて声には出さないように気をつけて、泣きました。ひたすら目から涙をぼろぼろ流して、泣きました。

レンちゃんが立ち去りもせず、しずかに、はげしく泣いている気配《けはい》をかんじて、おばあさんは顔をあげました。そして、レンちゃんをまじまじと見つめ、持っていたペンを置いていいました。

「ああ、これは小さなレディに、とんだ失礼をしてしまいました。ええ、ええ、あなたは、ここにあるものをこわしたりなんてしないでしょうね。どうぞ許《ゆる》してくださいまし」

レンちゃんは、びっくりしました。レディ！　でも、たしかにレンちゃんは自分でも、そうよばれたってはずかしくない女の子だと思っていました。わたしは、ここにあるものをこわしたりなんて、ぜったいしない。おばあさんはレンちゃんに、白い、ししゅうの入ったハンカチをかしてくれました。

そんなふうにして二人はその日から友だちになり、レンちゃんは毎日のように、このお店にかようようになりました。おばあさんの名前は〈高田さん〉で、このお店は〈骨董屋《こっとうや》さん〉だそうです。レンちゃんが質問《しつもん》すると、高田さんは、ひとつひとつの品物について、お話をしてくれました。

この本は、そのお話を書いた本です。

もくじ

装幀　原条令子

にしきごいのうろこ

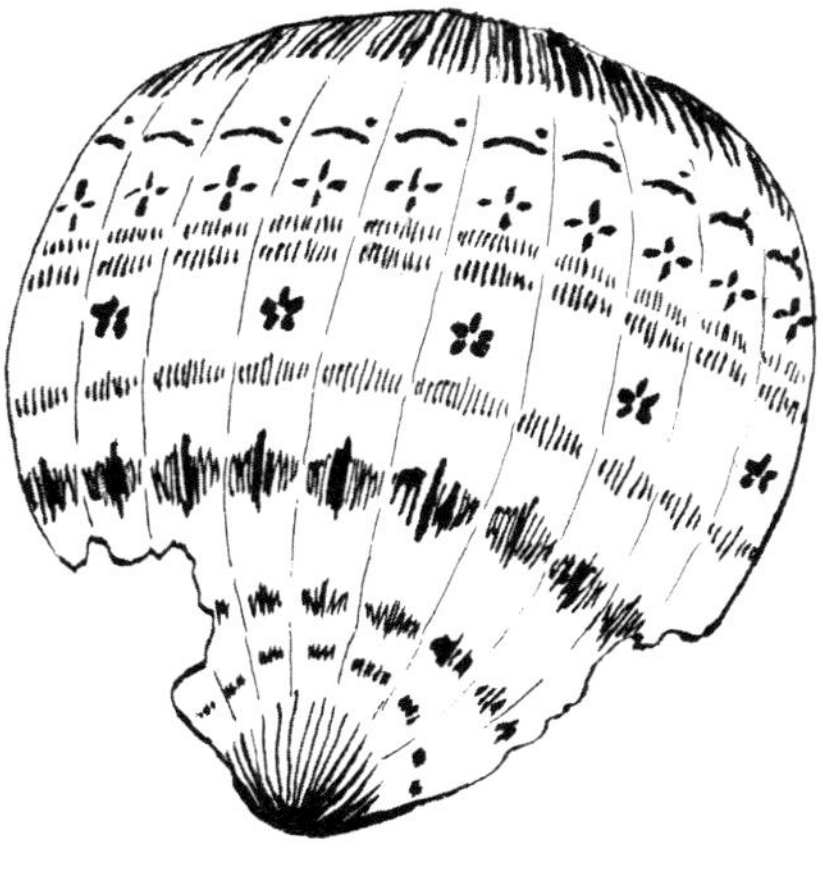

「気をつけて！」

レンちゃんが手を出そうとしたそのとき、高田さんがいいました。

「すっかり乾《かわ》いちまって、もろくなっているから、らんぼうにさわらないように」

レンちゃんは息《いき》を止めて、それをそうっと手にとり、しげしげとながめました。

「これ、魚のうろこ？」

「ああ、そうだよ。うろこだよ。よくわかったね。とんでもなく巨大《きょだい》な、にしきごいのうろこさ」

それは、たよりないほど軽くて、少しでも力を入れたら、ぱりっと割《わ》れてしまいそうにうすい、大きなうろこでした。らでんみたいに、いろんな色に光っていて、目のまえにかざすと、むこうがうっすらすけて見えます。表面には、ゆるやかなでこぼこがあるけれど、ふしぎとなめらかで、かすかに泥《どろ》のにおいがします。

「どれくらい大きなこいだったか、その一枚《まい》でわかるってもんだ」

たしかに、そのうろこは、レンちゃんの顔よりもずっとずっと大きいのです。こんなに大きなうろこを持っているこいなんて、想像《そうぞう》するのがちょっとこわいくらいです。

「そのうろこには、ちょっとした武勇伝《ぶゆうでん》があるのさ」

高田さんは仕事をしていた手を止めて、ノートをぱたんと閉《と》じ、ペンのふたをぱちっと閉《し》めました。そして、めがねをはずして仕事づくえから立ちあがり、レンちゃんのほうに歩いてきました。なんだかとくいそうです。

「ぶゆうでん？」

とレンちゃんがきくと、高田さんはますますとくいそうな顔をして、話しはじめました。

「そう、わたしが大てがらをあげた話だよ。わたしがね、まだ、ほんとにほんとに、ちっちゃい女の子だったころの話。そうね、いまのレンちゃんよりも、ずっと小さかったと思うよ」

レンちゃんは話にじっくり耳をかたむけるために、うろこをそうっと棚《たな》にもどしました。びっくりして、おもわず手に力が入って、うろこをぱりん！と、割ってしまうといけないので。

「ある日、わたしがひとりで池で遊んでいると、池の水面がゆっくりゆらゆら揺《ゆ》れはじめて、まるで雲のかげみたいに大きなかげが、池の底《そこ》のほうを横切った気がしたんだよ。わたしはえらくいやな予感がしてね、これからなにがおこるのかと、じっと息をころしていた。

そしたらとつぜん、ざばあっと、それはそれは大きなにしきごいの顔が、水面からあらわれたのさ。わたしは、ほんとうは腰《こし》がぬけそうなほど、おどろいたんだよ。でも、こいにそれを悟《さと》られてはいけないと思ってね、平気なふりをしたのさ。なんにもなかったみたいな顔をしてね。

にしきごいはわたしに、こう話しかけたんだよ。くぐもった、へんな声だった。

『こんにちは。おじょうさん。じつにかわいい、じつにかわいい、きれいなおべべを着ているね。それをもう少し、近くで見せておくれよ』

わたしはそのとき、ほんとうにかわいい着物を着てたんだよ。わたしによく似合《にあ》っててね。お気に入りだった。せっかくほめられたんだから、少しこわかったけど、ちょっとだけこいのほうに近よって、よく見えるようにしてあげたんだよ。

そしたら、こいはこういったんだ。

『おやまあ、ほんとうに、きれいなおべべだねえ。それを、ちょっと、こっちによこしなさいよ』

『いやだよ！』

　わたしはもちろん、そう答えたよ。だって、はだかになっちまうじゃないか。それでもこいは、しつこくいった。

『おやおや、かわいい顔して、いさましいおじょうさんだねえ！　ちょっとしらべてみるんだから、こっちによこしなさいよ、いい子だから』

『しらべて、どうすんのさ？』

とわたしが聞くと、

『もし、わしの気に入ったら、わしのうろこにするのさ、もちろん。わしは、気に入った柄《がら》があれば、それを自分のうろこにするのがしゅみでね。見てごらん、わしのうろこを。すばらしいだろう？　いままでこつこつ集めてきた、じまんの品ばかりさ』

というじゃないか。人をばかにするのもほどほどにしろってんだ、ねえ？

そこでわたしは、

『これはわたしの着物なんだから、ぜったいにおまえになんか、あげるもんか！』

と、そりゃあもう、いせいよく、いってやったのさ。するとこいは、いままでとはうってかわった、いらいらした声で、おどすようにいうのさ。

『聞きわけのわるいおじょうさんだねえ。ふうん、そうかい、それならしかたがない。力ずくでうばうのみ、さ！』

といったとたん、ざばあん！と、わたしにおそいかかってくるじゃないか！

わたしは池に落ちたよ、でもすぐにかまえなおすと、こいにまたがり、ひっしでせびれにしがみつき、そこからは、くんずほぐれつ、もうわけがわからないほどの大決闘《だいけっとう》！　むちゅうでたたかったよ。

でもふしぎと、わたしはちっとも負ける気がしなかった。それどころか、うろこの一枚《まい》でも、戦利品《せんりひん》としてちょうだいするのもわるくないな、なァんて、頭のかたすみで思うくらい、落ちついていたね。水をがぶがぶ飲みながら、わたしはこいの背中《せなか》にくらいつき、ついににしきごいから、うろこを一枚《まい》せしめたのさ。みごとだろう？　ただね、はげしいたたかいだったから、少しかけてしまったけどね。

そのとき、わたしは知ったのさ。わたしは男の子なみに、いや、もしかすると、男の子よりも、けんかが強いぞってね。だから男の子とは、ぜったいにけんかはしないのさ」

「どうして？」

「男の子は、女の子は自分より弱いと思いたいものだからさ。そう思わせておいてあげるのが、思いやりってものだろ」

レンちゃんは、男の子と決闘《けっとう》したことは一度もありませんでしたし（もちろん、巨大《きょだい》なにしきごいとも）、これからもたぶん、しない気がしました。だから、わざと弱いふりをすることもないだろうなあ、と思いました。

いなずまのかけら

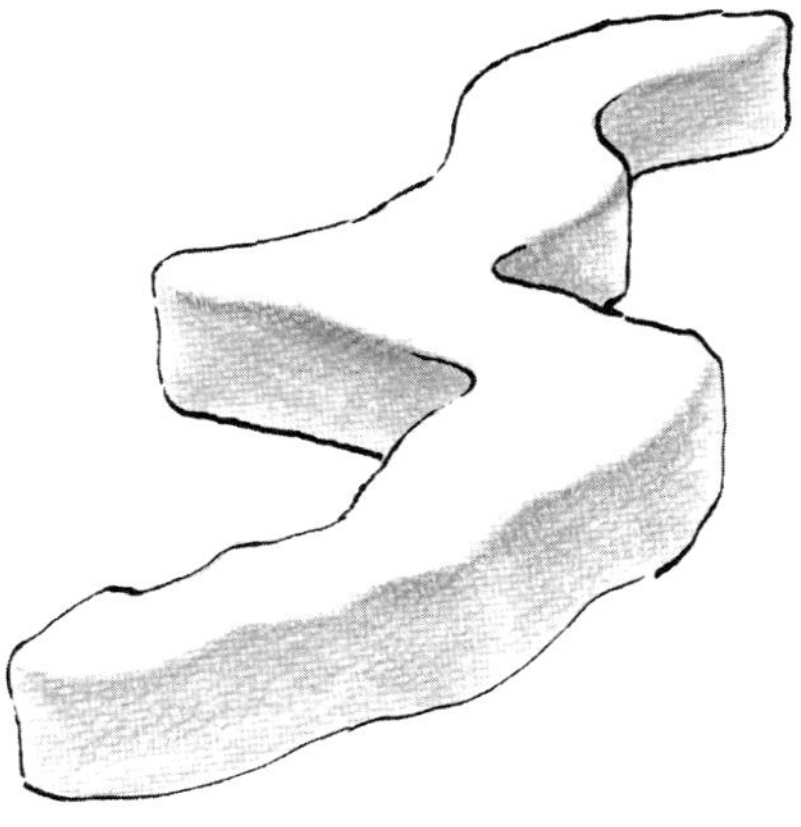

「おっと！　それはむやみにさわると、あぶないよ。びりっとしなかったかい？」

「ううん、しなかったよ」

「そうかい？　まあ、むかしのことだからねえ。時間がたって、もう電気が弱くなってしまったのかね」

「でんき？」

「ああ、そうだよ。むかしは、電気をおびててね、さわるとびりびりしたのさ。それはね、かみなりさまの、いなずまのかけらなんだよ」

「へえ！」

いなずまのかけらは、とうめいなのに金色に光っていて、まるで溶《と》けたガラスのようにとろんと重たくて、ひんやりしています。レンちゃんは、それがまだ電気をおびていたころ、さわったらどんなふうにびりびりしたのか想像《そうぞう》しながら、そうっと指でなでてみました。

「それを手に入れたときのこと、聞きたいかい？」

「うん、聞きたい」

「よしよし。それはね、わたしが会社につとめてたころ、いわゆる、オフィス・レディだったころの話だよ。

めずらしく仕事が早く終わってね、夕ぐれどきに帰り道を歩いていたら、とんでもない夕立《ゆうだち》にみまわれたのさ。わたしはそこらへんの軒下《のきした》に逃《に》げこんで、雨がやむまで雨《あま》やどりしたんだよ。すさまじいどしゃぶりでね、耳が聞こえなくなったような気がしたよ。あんなにはげしいどしゃぶりは、あとにも先にも、ないね。でもわたしはね、どしゃぶりが大《だい》好《す》きなんだよ。いせいがよくって、すかーっとするだろ？　かみなりも大好きだね。だって、あの骨《ほね》までひびくような大きな音はロックンロールだと思わないかい？

だから、わたしは雨やどりしなが

ら、どしゃぶりとかみなりの、しびれるようなステージを楽しんでいたのさ。

　そのうち、あきた！　といわんばかりに、とつぜんぴたっと雨がやんで、空のはじっこが、ぺかーっと黄色くかがやいてね、見たことあるだろ？　夕立《ゆうだち》のあとの、ぴかぴかの空。わたしはライブのあとみたいに気分よく軒下《のきした》を出て、空を見あげながら、また歩きはじめたんだよ。すると、かがやく雲の上にね、なんと、かみなりさまがいたんだよ。そりゃあ、びっくりしたね。

　わたしはね、こう見えて現実的《げんじつてき》な人間だからね、そのときまで、かみなりさまっていう

のは、空想の生き物だと思ってたんだよ。でも、かみなりさまは、ほんとうにいらっした。こちらに背中《せなか》を向けて、雲のなかに立っていたんだよ。夕日をあびた筋肉《きんにく》が、なんとも美しい背中だったねえ。

わたしが、じいっと見つめていたら、かみなりさまは、背中にわたしの視線《しせん》をかんじたんだろうね、いきなりこっちをふりむいたのさ。そして、わたしと目が合っちまった！

わたしはものすごく、ぎょっとしたんだけど、なんと、かみなりさまは、わたしよりも、もっとぎょっとしたらしいんだよ。ひと仕事終えて、油断《ゆだん》してたんだろうね。きっと、人間にすがたを見られたのは、はじめてのことだったんじゃなかろうか。大あわてで、いちもくさんに小さな金色の雲にのって、逃《に》げていったのさ。あんなにはげしい仕事をするくせにシャイなところがまた、かわいいだろ？　ま、ともかく、そのときあんまりあわてていたらしくて、金色の雲にとびのったひょうしに、いなずまのかけらを、ぽろり、と落としてしまったのさ。

そんなちっちゃなかけらなのに、地面に落ちたとき、とんでもなく大きな音がしたよ。もちろん、わたしはぶじだった。でなきゃ、いまごろこうして、レンちゃんにこの話を聞かせてやることもなかったろうね。

わたしは、かみなりさまのすがたが見えなくなったのをたしかめてから、いなずまが落

ちた場所へかけよってみた。地面はまっ黒こげになってたね、そして近くに、それが落ちてたってわけ。そっと指でさわったら、びりっと痛《いた》かったよ。

白いハンカチにくるんで拾うと、ささっとエナメルのバッグにしまいこんで、バッグの留《と》め金《がね》をパチン！と閉《し》めてね、まるでなにごともなかったかのように、そしらぬ顔してうちへ帰ったのさ。

帰るあいだじゅう、ものすごいひみつをバッグにかくしているせいで、どきどきして胸《むね》が痛いくらいだった。いまでも、そのいなずまを見るたんびに、あのときの夕立《ゆうだち》のことを思いだして、ぞくぞくするねえ」

「かみなりさまは、高田さんにとって、まるでロックスターだね」

「ああ、そうかもしれないね。ほんとうに、雲の上の人だしね」

四《よ》つ葉《ば》のクローバー入りエメラルド

すきとおった緑色の石が、古びた品物のすきまで光っていました。いままでこの石があることに気づかなかったなんて、ふしぎです。

レンちゃんはその石を、古道具《ふるどうぐ》の山からほりおこしました。石はずしっと重たく、あかちゃんのこぶしくらいの大きさがありました。表面はきらきらしているのに、なかからぼんやりと発光しているかのような緑色は、つねに色をかえてゆらめくオーロラのようでした。石のなかをのぞくと、まるでふしぎな緑の世界が閉《と》じこめられているみたいです。

「よーく見てごらん。なかに、四つ葉《よつば》のクローバーが入っているのが見えるだろ？　なに、見えない？　不器用《ぶきよう》だねえ。角度をかえれば見えるよ。どれ、かしてごらん」

高田さんが角度をかえながら石を光にかざし、ある角度でレンちゃんに見せました。するとたしかに、小さな四つ葉のクローバーが見えました。

「それはエメラルドだよ。そんな大きなエメラルドはめったにお目にかかれないね。もちろん、ほんものさ。といっても、見つかった場所が場所だからね、いわゆるエメラルドと同じにあつかっていいものかどうか、さだかじゃないがね」

「どこで見つけたの？」

「それはね、ほんとうにうっとりするような、美しい思い出だよ。いまでも夢《ゆめ》じゃないかと思うようなね」

ECO
LOVE
BLUE
地球の未来を
つり環境ビジョン
ECO
ECO
ECO

水辺の環境保全活動
LOVE BLUE 助成

LOVE BLUE 助成 は、「LOVE BLUE～地球の未来を～」をテーマに水辺の社会貢献事業を実施している（一社）日本釣用品工業会からの寄付を基に、全国各地で清掃など水辺の環境保全に取り組むNPO・NGO等の活動を支援しています。

神戸海さくら

地球環境基金HP

LOVE BLUE活動

SUSTAINABLE DEVELOPMENT GOALS

13 気候変動に具体的な対策を

14 海の豊かさを守ろう

15 陸の豊かさも守ろう

●地球環境基金は、環境NGO・NPOの環境保全活動を支援しています。

地球環境基金
044-520-9505

独立行政法人 環境再生保全機構

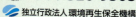

そこで言葉をきって、もったいぶっている高田さんのほうに、レンちゃんがやっとエメラルドから目をはなして向きなおると、高田さんはゆっくり話しはじめました。

「わたしがまだ、うら若《わか》いおとめだったころの話だよ。春うららの、かすみがかった日に、わたしが桜《さくら》の木の下で泣《な》いていたらね、そばにユニコーンが立っていたのさ。

あんまりしずかにたたずんでいたから、いつからそこにいたものか、ちっとも気がつかなかったけどね。そうっと近づくと、おどろいたことにユニコーンも泣いているんだよ。声もたてず、しずかにね。うるんだガラスのような瞳《ひとみ》から大つぶの涙《なみだ》が、あとからあとからころがり落ちてくる」

「どうしてユニコーンは泣いてたの?」

「わからない。でも、なんだかとってもあわれで、わたしはユニコーンの背中《せなか》をさすってやったんだ。そうっとね。手をふれたらユニコーンは逃《に》げてしまうかと思ったのに、逃げなかった。それどころか、むしろ背中をさすってほしかったようだった。よほど苦しかったんだね。緑がかった灰色《はいいろ》の目からこぼれる涙と、舞《ま》いちる桜の花びらがね、どちらも音をたてず、はらはらと落ちてきて、それはそれは美しかった。

わたしは自分の悲しみもわすれて、ただただユニコーンの背中をさすっていたんだ。その手ざわりをいまでもおぼえているよ。真珠色《しんじゅいろ》に光るビロードのような背中を。わたしが

うっとりとなでていると、そのうちに、ユニコーンが苦しそうに、あえぎはじめた」

「どうしたの？」

「わたしもどうしたのかわからず、おろおろして、ひたすら体をさすってやることしかできなかった。そしたらとつぜん、ユニコーンがなにかを吐《は》きだしたんだ。どうやら、それが胸《むね》につかえて苦しんでいたらしい」

「なにがつかえてたの？」

「このエメラルドさ。この大きな石が、ユニコーンの胸につかえていたんだ。ユニコーンは、この石を吐きだすときゅうに元気になって、子鹿《こじか》のようにかろやかに、どこかへ走り去ってしまった。


わたしは一人、とりのこされた。ユニコーンに気をとられているあいだはわすれていた自分の悲しみが、じわじわとぶりかえしてきた。いや、それどころか悲しみは、ユニコーンに会うまえよりも、いっそうひどくなってしまった。だって、わたしが泣いていても、わたしの背中《せなか》をやさしくさすってくれる人はだれもいやしない。

そう思ったら、涙《なみだ》のかたまりの石のようなものが、のどにつかえてくるのをかんじた。あのユニコーンの石のようにね。だれかわたしの背中をさすって、この石を吐きださせてくれたらいいのに。そうしたら、あんなふうに、はればれと、かろやかにかけだして行けるのに。

そんなやりきれない気持ちでユニコーンの残《のこ》していった石を見つめていると、ふと、見えたんだ。石のなかに埋《う》まっているクローバーが。しかも、ただのクローバーじゃない、しあわせのシンボルの四《よ》つ葉《ば》のクローバーが。

そのとき、わたしはこう思った。このエメラルドはユニコーンの悲しみの結晶《けっしょう》だ。でも、そのなかにはしあわせが埋まっている。もし、わたしののどにつかえている石も、このエメラルドと同じものだとしたら？　その石のなかにも、四つ葉のクローバーが埋まっているのかもしれない。

そう思ったら、とつぜんさっきまでわたしを苦しめていた悲しみが、宝《たから》のようにいとおしくなった。悲しみの石がこんなに美しいものなのだとしたら、わたしは一生この胸に、この石をかかえて生きていってもかまわないと思えた。

それでわたしは、のどにつかえた悲しみの石を、ごくり、と飲みこんだのさ」

レンちゃんはびっくりしました。こんなに美しい石が、高田さんの胸にも入っているなんて。高田さんをとても美しくかんじました。

「高田さんはこのエメラルドと同じくらい、きれい」

「おや、そんなふうにいってくれるなんて、うれしいね。ありがとう。うん、そうね、人を美しく見せるのは、しあわせなときだけではないかもしれないね。
ひめられた悲しみもまた、人を美しく見せるものかもしれないね」

朝つゆのクモの巣《す》ネックレス

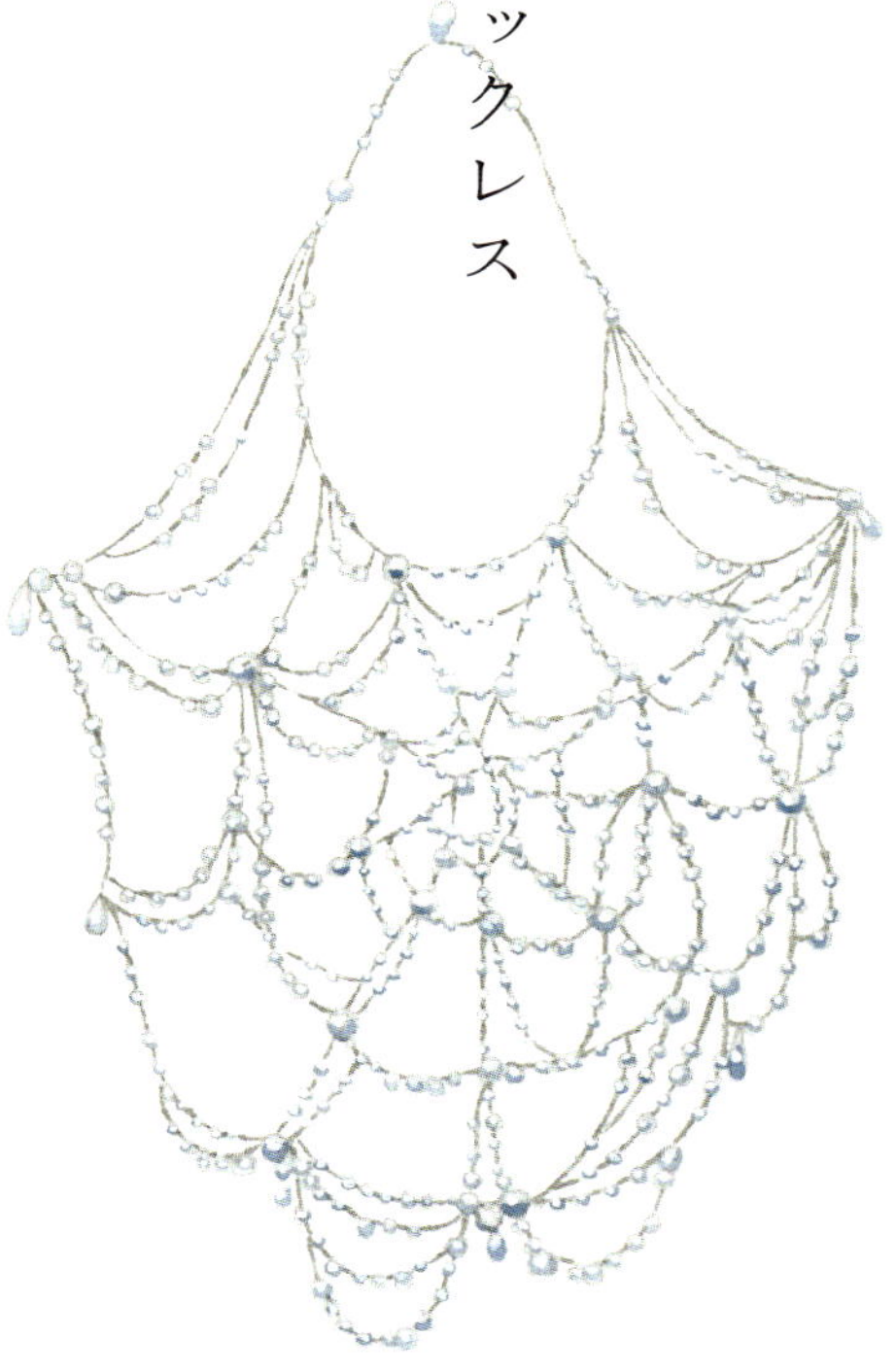

「やあ、いいところに来たね。今日はおいしいおやつがあるよ。奥《おく》の冷凍庫《れいとうこ》に入っているから、持ってきてちょうだい。いっしょに食べましょ」

おやつと聞いてわくわくしながら、レンちゃんは高田さんのつくえのうしろにある小部《こべ》屋《や》に入っていきました。小部屋には箱《はこ》に入った品物が、ところせましと積《つ》まれています。お店のおもてにはならんでいない宝物《たからもの》が、まだまだたくさんあるのです。

小さな冷凍庫をひらくと、シューアイスが入っていました。バニラ味とチョコレート味とストロベリー味と、まっちゃ味があります。

「高田さんは、なに味？」

「バニラをおねがい。レンちゃんは好《す》きなのをお食べ」

レンちゃんはストロベリーをえらんで、高田さんのバニラのシューアイスと、ひとつずつ手にとりました。そのとき、

「あら？」

キラッと、冷凍庫の奥のほうに光るものがあります。それは小さくきらめくダイヤモンドのようでした。よく見るとそのきらめくつぶは、氷なのです。レンちゃんは光る氷をもっと見たくて、なかに入っていたシューアイスを全部ひっぱりだしました。すると、それはなんと、小さな氷でできたネックレスでした。ダイヤモンドみたいな氷のつぶが、目に

見えないくらいに細い、とうめいな糸でつながれていました。すきとおった四角い箱にきちんと入れられ、ひっそりと冷凍庫の奥にしまわれているのでした。

「この氷のネックレス、きれいだねぇ」

「ん？　ああ、それね。冷凍庫をあけっぱなしにするんじゃないよ。じゃないと、ネックレスだろうが、シューアイスだろうが、全部おじゃんになっちまう」

レンちゃんは大あわてで、いま食べるシューアイスだけをのこして、あとはみんなもう一度、冷凍庫にしまって、ドアをパンッと閉《し》めました。

高田さんにバニラのシューアイスをわたして、そばのいすにおしりでよじのぼりながら、レンちゃんはあのネックレスについて話を聞きたくて、うずうずしました。

「暑いさかりのアイスがおいしいのはもちろんのこと、ちょっと肌寒《はだざむ》い日のアイスってのも、これまたどうして、なかなかおいしいもんだね」

といいながら、高田さんは大きな口でシューアイスをほおばっています。そんな高田さんを、レンちゃんはちょっとふしぎに思いました。いつもなら、レンちゃんが気になった品物について、高田さんは、話したくてたまらない、というかんじであれこれお話ししてくれるのに、ネックレスについては、わざとさけているみたいに、たわいのないことしかいわないのです。

二人はしばらくだまったまま、シューアイスを食べていました。レンちゃんの心のなかはもう、氷のネックレスのことでいっぱいです。

「ほらほら、ちんたら食べてると、どんどんたれるよ」

と高田さんに注意されました。見れば、レンちゃんのひざこぞうに、ストロベリーアイスのピンクが溶《と》けて、ぽたりと落ちていました。高田さんはハンカチをレンちゃんにわたしました。

「シューアイスってのは、アイスのなかでも、ことさらに食べるのがむずかしいからね。いや、アイスもなかのほうがむずかしいか」

「ごめんなさい」

「なにも、あやまるこたぁないよ。さっきからやけにしずかに、ぼんやりしているのは、あれだろ？　氷のネックレスのことを考えていたんだろ？」

「どうしてわかったの？」

「レンちゃんの顔にかいてあるもの、わからないわけがない」

「え？」

レンちゃんはどきっとして自分のほっぺたをこすりました。高田さんはわらいました。

「あのネックレスは、ひみつなの？」

「ひみつ？　どうして？」

「だって、冷凍庫《れいとうこ》にかくしてあるから」

「ひみつなもんかね。ただ、溶《と》けるといけないから、冷凍庫に入れてあっただけさ」

「あれもやっぱり、売るものなの？」

「うん、売り物ではあるけども、いわれてみれば、そうかもね。ひみつにしておきたかったのかもしれない」

「どうして、ひみつにしておきたかったの？」

「そうね、たぶん、ちょっと、うしろめたいからかもしれないね」

「どうして、うしろめたいの？」

「そりゃ、あれだ、ほんとの持《も》ち主《ぬし》のことを考えると」

「ほんとの持ち主って、だれ？　もし高田さんが持ってるとわかったら警察《けいさつ》にいう？」

「警察《けいさつ》にはいわないだろうねぇ。警察なんかより、もっともっと大きな存在《そんざい》だから」

「ええ！　じゃあ、闇《やみ》の組織《そしき》？」

「こいつぁおどろくね。ずいぶんいろいろ知ってるじゃないか。でも、そんなのよりも、もっと大きな存在だよ。どんな闇の組織よりも、ね。だって彼女《かのじょ》は、闇そのものなんだから。そう、あれは夜の女王のネックレスなんだよ」

「へええ！　夜の女王！」

「そうさ。この世界に夜がおとずれるのは、夜の女王がいるからなんだよ。あのネックレスは女王のお気に入りのジュエリーで、いつも首にかけていたんだ。糸はクモの巣《す》、きらきらかがやく宝石《ほうせき》に見えるのは、朝つゆなんだよ」

「わあ、すてき」

「すてきだろ？　世界じゅうのジュエリーのなかでもっとも美しいのは、朝つゆのついた、クモの巣のネックレスだね。でも、わたしたちも案外《あんがい》かんたんに見ることはできるよ。朝早くに、しずかな森をさんぽすれば。ただ、人間はだれもそれを自分の胸《むね》にかざろうとはしないけれど」

「高田さんはあのネックレス、してみたことある？」

「じつをいうと、一度もないよ。あの苦労《くろう》を思うと、とてももったいなくて」

「くろう？」

「そうさ。あのネックレスのことは、この道の人ならば知らぬ者はいない。手に入れることを、だれでも一度は夢見《ゆめみ》るのさ。これまで果敢《かかん》にいどんだ人間は数しれず。けれど、手に入れるのは、ほんとうにむずかしいんだよ」

「どんなふうにむずかしいの？」

「女王がねむっているあいだに、その首からネックレスをはずさなくてはいけない。けれども、しずくはとても落ちやすく、しかも女王の肌《はだ》はとても敏感《びんかん》ときてる。もし、しずくが一滴《てき》でも落ちようものなら、きっと女王は目をさましてしまう」

「女王が目ざめると、どうなるの？」

「夜になるんだよ。女王は、昼のあいだは寝《ね》ているのさ。女王の目ざめとともに夜がやってくるんだ。もし、女王をおこしてしまって彼女と目が合うと、その者は昼と夜のあいだの、二度と出られぬ時《とき》のなかへ、埋《う》めこまれてしまうんだよ」

「こわい！」

「こわいだろ？　だから、なるべくしずくが糸から落ちないように、しずくが凍《こお》る、冬をねらう者が多かった。でも、冬とはいえ、昼のあいだはどうしてもしずくが溶《と》けかかって、やっぱり落ちやすいことにかわりはない」

「ああ、だから冬って、とつぜん日がくれるんだね」

「そのとおり。そんなにまでむずかしいものを、わたしは手に入れたのさ」

「どうやって手に入れたの？」

「それはね、ちょっぴり知恵《ちえ》をしぼったのさ。女王の居場所《いばしょ》について考えたってわけ。それが成功《せいこう》のカギだった」

「女王はどこにいるの？」

「いたるところ」

「いたるところ？」

「そう、どこにでも。だから、ぎゃくに自分につごうのいい場所で、女王を見つければいい。ネックレスをはずしたことに気づかれないために、つごうのいい場所。しずくは凍《こお》っているほうが落ちにくい。そして、女王がなかなか目をさまさない場所。さて、それはどこだと思う？」

「ええっと、月とか、海の底《そこ》とか？」

「うーん、なんとなく惜《お》しいような気もするけど、でもハズレ。まず、

わたしも行くことができる場所じゃなくっちゃね。その場所というのはね、北極《ほっきょく》さ。氷の世界で、しかも白夜《びゃくや》というものがある。白夜を知ってる？」

「ううん、知らない」

「北極や南極《なんきょく》は夏のあいだ、夜が来ているはずの時間でも日がくれないんだよ。一日じゅう、太陽がしずまない。つまり夜の女王は、このあたりでは、いつもうつらうつらしているってわけ。そこでわたしは夏の北極めざして、旅立ったのさ。

飛行機《ひこうき》をなんどものりついで、まる一日雲の上の人、ようやく北極へたどりついた。夏の北極は、行くまえに思っていたのとはちがって、たくさんの生き物がいた。じつに、いきいきとした世界だったよ。シロクマ、セイウチ、アザラシ、ウミガラス、カモメ、トナカイ、キツネ、カモ、クジラ、シロイルカ。とくに鳥たちなんて、ぎっしりわんさか、みんな口々にがやがやおしゃべりしてて、とんでもないさわぎだよ。それから景色《けしき》。氷山《ひょうざん》の、白と、びみょうな青。ゼリーみたいに重くなめらかな海。そんなものすべてが、あまりにおもしろくて、わたしはしばらく、なんのために北極にきたのかわすれちゃった。毎日、景色ばっかりながめてくらしたよ。

ようやくわれにかえって、夜の女王のことを思い出したものの、はて、どうやって見つけたらよいものか。なぜかわたしは、北極に行けばすぐに見つかるものと思いこんでいたけれど、そんな気配《けはい》は全然《ぜんぜん》なかった。そこでわたしは、本気で女王をさがすことにした。毎晩《まいばん》、といっても、白夜《びゃくや》だから真昼みたいに明るい、とても真夜中《まよなか》とは思えない夜空の下を、女王をさがしもとめて、あちこち歩きまわった。でも、なかなか見つからない。そうしてむなしくいく晩《ばん》かすぎ、あきらめかけたある日、氷の世界にそこだけ緑色の、じゅうたんみたいなトナカイゴケを見つけた。ふんでみると、ふかふかしていて、とっても気持ちがいい。わたしは歩きつかれていたので、そこでちょっと休むことにした。横たわると、つかれた体がコケのじゅうたんに重く重く、しずんでいきそうだった。少しうとうとしていたら、いつのまにか、わたしのまわりにトナカイたちが集まっていた。トナカイたちは、こちらを気にするようすもなく、しずかにコケを食《は》んでいた。わたしも横になったまま、トナカイたちを見ていた。トナカイたちは少しずつ場所をかえながら、食べつづけていた。

ふと、わたしはあることに気づいた。トナカイたちのあいだに、ぽっかりと空間があいていて、そこだけは、トナカイたちはふみあらさずにいるのさ。どうしてなのかなあと、その空間をぼんやり見ていると、だんだんわたしの目に闇《やみ》の粒子《りゅうし》が見えはじめた。テレビの砂嵐《すなあらし》みたいに、小さい黒いつぶがはげしく舞《ま》いとぶのをじっと見ているうちに、それがひとつの像《ぞう》をむすびはじめた。それは人の形のようになり、やがてそこに、女王が横たわっているのが見えた。

『やった！ 見つけた！』

わたしは心のなかでさけんだ。高鳴る胸《むね》をおさえつけながら、気を消して、はうようにして、女王へと近づいていった。

ああ、その胸《むな》もとには、夢《ゆめ》にまで見た、あのネックレスがかざられていた。おそろしいほど美しい夜の女王に、ほんとうによく似合《にあ》っていた。わたしはそっと女王のうなじの下に手をさしいれ、凍《こお》ってきらめく、朝つゆのネックレスをはずしにかかった。息《いき》をころして、ゆっくり、ゆっくり、そぅっと、そぅっと。そうやって、時間をかけて、ネックレスを胸もとから浮《う》かせることに成功《せいこう》した。が、そのとき、わたしの小指が、かすかに女王の首にふれてしまった。

『しまった！』

ふっと、あたりがかげったようにかんじた。いやな予感に、空を見あげると、東の空からほんのり暗くなってきているじゃないか！

『まずい！』

おもわず女王の顔を見おろすと、うすくまぶたがひらきかけている。

『ああ、もうだめかもしれない』

わたしはとにかく、自分もまるで凍《こお》りついたかのように、動きも、息《いき》も止め、女王から目をそらし、じっとしていた。永遠《えいえん》とも思える数秒がすぎた。やがてまた、空が白《しら》みはじめた。おもいきって女王を見ると、まぶたはまた重たく閉《と》じて、ねむりに落ちていったようだった。ほっとしたあまり、くずおれそうな体をぐっとこらえて、女王がふたたび目ざめないことをたしかめてから、ふるえる手でネックレスを持ちあげた。そうしてそのまま、ふりかえりもせずに、走って走って、もうたおれてしまうってとこまで、逃《に》げたんだ」

話を聞いているうちに、レンちゃんは手を強くにぎりしめていたらしく、てのひらに、くいこんだ爪《つめ》のあとが小さくならんでいました。

「ね、だから、こんなにたいへんな思いをして手に入れた宝物《たからもの》だから、もったいなくて、首にかけたことはないんだよ」

と高田さんがしめくくりました。爪のあとでかすかに痛《いた》む両手をこすりあわせながら、レンちゃんは考えていました。

「だけど、それって、どろぼうじゃない？」

「……そう思うかい？」

高田さんはシューアイスのビニールぶくろを、自分のと、レンちゃんのとをひとつに小さくまるめて、しばらく手のなかでくしゃくしゃともてあそんでいました。高田さんがだまったままなので、レンちゃんは、いらぬことをいったような気がして、きんちょうしてきました。

それからしばらくして、高田さんはたばこに火をつけて、いいました。

「だけど、朝つゆのクモの巣《す》ネックレスそのものは、自然界《しぜんかい》のどこにでもあるものだからね。きっと女王は、あたらしいネックレスをしていると思うよ。女の子が、つんだ花をかんむりにして頭にのせるようなものだよ」

「うん……。でも、それでもやっぱり、どろぼうじゃない？　だって、女王がたいせつにしてたネックレスだもん」

「むむ……。そうか。そうね、レンちゃんのいうとおりだね。きっとそのせいで、わたしはずっと、うしろめたかったんだね。なにか胸《むね》につかえて、一度も自分の首にかけてみなかったのも、そのせいだね。よし、決めた。わたしはあのネックレスを、女王に返すよ」

「ほんとに？　返すとき、レンもついていっていい？」

「ついてきてくれるのかい？　ありがとう。じゃあ、明日の夜明けまえに、公園に返しにいこう」

「わかった。じゃあ、明日ね」

親指のんだくれ猿《ざる》

いつものように、銀杏堂《ぎんなんどう》にならぶふしぎな品々をながめていると、レンちゃんはふとだれかと目が合ったような気がしました。それは白い陶器《とうき》の小さなお猿《さる》でした。だらしなく、くずれたようにすわっていて、わきにつぼをかかえています。その小ささといったら、ほんの親指くらいでした。それなのに、こまかいところまでよくできていて、じっと見ていると、いまにも動きだすのではないかと思われるほどでした。

「まるで生きているみたいだろ？」

いつのまにか近づいてきた高田さんの声に、レンちゃんはとびあがりそうになりました。

「このお猿をあいてに、晩酌《ばんしゃく》するのが大好《だいす》きだったたっけね。さいきんは、ちっともやっていなかったけども」

「ばんしゃくって？」

「夜、お酒をちびちび飲むんだよ。テーブルの上にこのお猿を置いてね、紹興酒《しょうこうしゅ》とひまわりの種《たね》なんぞあれば、それでもうじゅうぶん。きどりたいときは李白《りはく》の詩集を片手《かたて》にね」

「りはくってなに？」

「李白は中国《ちゅうごく》のゆうめいな詩人だよ」

「高田さんは、りはくさんから、このお猿を買ったの？」

「はっははは。いっくらわたしがしわくちゃおばばだといってもね、そこまでおんぼろお古《ふる》じゃないよ。わたしが生まれたときには、もうとっくに李白じいさんはお亡《な》くなりになっておいでだよ。むかぁしむかし、千年よりも、もっとむかしの人だからね。

このお猿はね、もともと李白のものだったらしいんだよ。彼《かれ》はものすごい大酒飲みだったんだ。だけども、すばらしい詩をたくさん作ってね、そのころの中国の皇帝《こうてい》の玄宗《げんそう》っていう人から、ほうびとしてこのお猿をおくられたんだと。中国には白い猿の妖怪《ようかい》がいて、そいつはめっぽう酒と女に弱い妖怪だっていわれている。玄宗は李白をその白猿《はくえん》に見立てたのかね、とにかくそれを腕《うで》ききの職人《しょくにん》に作らせたのさ。そら、そのお猿がかかえてるかめがあるだろ?」

「このつぼのこと?」

「そう、そのなかにはね、いくら飲んでも、つきることのない酒が入っているんだよ」

「え? ほんとう?」

レンちゃんはかめのなかをのぞきこみましたが、あまりに小さな口なので、なかはよく見えませんでした。

「まえに、わたしがこのお猿をながめながら、紹興酒をちびちび、ひまわりの種をぽちりぽちり、かじっていたらば、そのうちだんだんいい気分になってきて、はっと気づけばもうお酒は一滴《てき》もなくなっちまってた。もう一びんあけるかどうか、うだうだ迷《まよ》っていたら、いきなり、このせとものお猿《さる》が立ちあがって、わたしのおちょこに小さなかめからお酒をついでくれるじゃないか。そりゃもう、びっくりしたよ。まぼろしを見るほどよっぱらっているなんて、ちょっと飲みすぎたかしら。でも、お猿のお酒はぜひためしてみたい。どうせまぼろしなら、飲んだって飲んだことにはならないわけだ。と、みょうな理屈《りくつ》をつけて、口をつけてみた。つがれた酒は、おちょこの底《そこ》にほんのぽっちり、小さじ半分にもみたないほど。それをそろりそろり舌《した》にのせ、のどを通してみたらば、なんとまあ、いままで飲んだことのないうまさ、心までみたされ、夢見《ゆめみ》ごこちでおちょこを置くと、お猿はまた、ついでくれた。ほんのぽっちりと。ため息《いき》まじりでおちょこを置けば、お猿はまた一ぱいついでくれる。そうやって、ひとくち、またひとくちと飲んでいるうちに、

『好《す》きか？』

と、なにやらひらべったい、おかしな声がする。

『へ？』

とわたしがきょろきょろしていると、

『好きか？』

と、また声がする。よもや、と見おろせば、小さなお猿もこちらをしっかと見てる。

『こんな夢のようにうまい酒は、かつて飲んだことがない』

と答えると、さもうれしそうに、

『そうであろう、そうであろう』

とうなずいた。そしてまた、おちょこについでくれた。そこでわたしは、はたとふしぎに思った。なんどもわたしのおちょこについでくれるのはいいが、いままでついでくれた量《りょう》は、とっくにかめの大きさをこえているはず。

『そのかめはいったい、どうなっているんだい？　もうとっくに酒はつきてもよいころだと思うが』

『なに、心配ご無用《むよう》。これは永遠《えいえん》につきることのない、かめだから』

と、お猿《さる》はいうじゃないか。いったいどういうことかと聞いていくうちに、いつしかお猿の身の上話になった」

高田さんはそこで言葉をきって、店の外のほうを見ました。いつのまにやら外は青紫《あおむらさき》にそまった、たそがれどきでした。

「こんな話をしていたら、なんだか一ぱい、やりたくなってきた。少し早いが、今日はもう店じまいにしよう」

高田さんはおもてに〈準備中《じゅんびちゅう》〉と書かれた札《ふだ》をさげ、入り口と窓《まど》ぎわのあかりを消し、とびらにかぎをかけました。それから〈紹興酒《しょうこうしゅ》〉と書かれた茶色いびんと、茶色い液体《えきたい》の入った水さしに、おちょこを二つ、どんぶりいっぱいに盛《も》られたひまわりの種《たね》といっしょに、おぼんにのせてもどってくると、つくえにならべました。そしてまんなかに、お猿を置きました。レンちゃんのおちょこには、水さしから茶色の液体をつぎ、高田さんのには、〈紹興酒〉をつぎました。

「ほれ、かんぱい」

おちょこをさしだされたので、レンちゃんもあわてておちょこを持って、

「かんぱい」

といいました。ちん、とおちょこが鳴りました。高田さんのまねをしてレンちゃんも茶色い液体を飲んでみると、それはウーロン茶でしたが、おちょこで飲むと、まるでほんもののお酒を飲んでいるみたいです。大人になったようでいい気分でした。

「お食べ」

ひまわりの種を一つぶとってかじってみると、ぱりぱり、しっとり、しょっぱい味がしました。

「お猿はね、やっぱりこんなふうにつくえに置かれて、李白《りはく》のお酒につきあったんだって。そしてよく、ふところに入れられて、いろんなところへおともしたんだと。

あるとき、李白《りはく》は舟の上で飲んでいた。水面にうつるお月さんがあんまりきれいなんで、

つかまえようと手をのばして、舟からころがり落ちた。お猿《さる》はぽーんと李白《りはく》のふところからほうりだされ、酒のかめとはなればなれになっちまった。お猿は泳いでなんとか助かったが、李白はかめをふところに入れたまま、おぼれ死んじまった。

お猿はとても悲しんだ。こんなときこそ、なぐさめにあの酒が必要《ひつよう》だった。李白との楽しい思い出の酒の味が恋《こい》しくて恋しくて、お猿はかめのゆくえを追ったのさ。

やがて風のうわさで、かめは都の紫禁城《しきんじょう》という城《しろ》にあることがわかった。晩年《ばんねん》の李白は、お上《かみ》にたてつくようなことばかりいって、都から追いだされていたんだと。財産《ざいさん》をすべてとりあげられちまってね。お猿とかめは、李白が手もとに唯一《ゆいいつ》かくしもっていたお宝《たから》だったんだ。李白が死ぬと、ふところのかめも城におさめられた。お猿はどうしてもあのかめをとりかえしたいけれど、城に近づこうにも近づけなかった。お猿自身もお宝なわけだから、もし見つかろうものなら、ほかのお宝といっしょに城の蔵《くら》に閉《と》じこめられちまうだろうからね。

やがて長い時《とき》がすぎ、清朝《しんちょう》という中国最後の王朝がたおされ、皇帝《こうてい》が城を追われると、紫禁城のお宝は政府《せいふ》にとりあげられ、その後つづいた戦争から逃《のが》れ逃れて、めぼしいものは台湾《たいわん》へとうつされた。

お猿は、待ちに待ったチャンスがついにやってきたことを知った。そこで台湾《たいわん》にわたり、

お宝《たから》をおさめた故宮博物館《こきゅうはくぶつかん》へとこっそりしのびこんで、山のようなお宝のなかから、何年もかけて、とうとうこの小さなかめを見つけた。かめに再会《さいかい》したときは、文字どおり、自分の分身を見つけたようにうれしかったそうだよ。なつかしいかめをたいせつにかかえて、ぬき足さし足しのび足、だれにも見つからず、博物館《はくぶつかん》からぬけだした。

けれど、建物《たてもの》のまえの階段《かいだん》をおりながら、どうにもがまんができなくなって、ひとくちだけ飲もうと、その場にすわりこんだ。このあたりがやっぱり猿《さる》だね、しょせん、考えがあさいというか。そのひとくちが運のつき、ひさびさの酒でぐるんぐるんに目をまわし、こてん、とひっくりかえっちまった。そこへ、この小さなお宝に気づいた男がいた。アメリカから来た白人の男で、すっかりよっぱらっている親指ほどのお猿と小さなかめをさっと拾うと、ジャケットの内ポケットにしのばせ、ニューヨークにもどってから金《かね》にかえようと考えた。男はもちろん、李白《りはく》の白猿《はくえん》の伝説《でんせつ》も、つきないかめの話もなにも知らないものだから、これがどれほどのお宝かもわからずに、ニューヨークの骨董屋《こっとうや》に二束三文《にそくさんもん》で売りはらったというわけ」

高田さんはレンちゃんのおちょこに、ウーロン茶をつぎたしました。

「あるとき、わたしがニューヨークにある、しゃれたがらくた屋をひやかしていると、このお猿がちょこんと売られているのに目がとまった。価値《かち》あるものかわからなかったけど、みょうに心ひかれてね。ぽつねんとすわるこのお猿にあわれみをかんじたのか、とにかくほうっておけなくなって、いっちょまえな値段《ねだん》をふっかけられたけれど、どうしてもつれて帰りたくなったのさ」

「もし台湾の博物館の人たちに見つかったら、返さなきゃいけないの？」

「わたしもそれが気になって、故宮博物館が、なくした宝をさがしてるっていう話がないか、しらべたよ。けれど、そんな話はまったくなかった」

「じゃあ、このお猿がいってることは、うそだったの？」

「酒に飲まれた頭で大ボラをふくってことはあるかもしれないね。お猿は年《ねん》がら年《ねん》じゅう飲んでいて、しらふだったためしはないからさ。それにお猿の身の上話を聞いていたとき、わたしもしこたま飲んでいたからね」

赤い顔した高田さんは上きげんに大わらいしました。そしてまたもう一ぱい、おちょこにお酒をついだのでした。

サバンナの逃《に》げ水《みず》

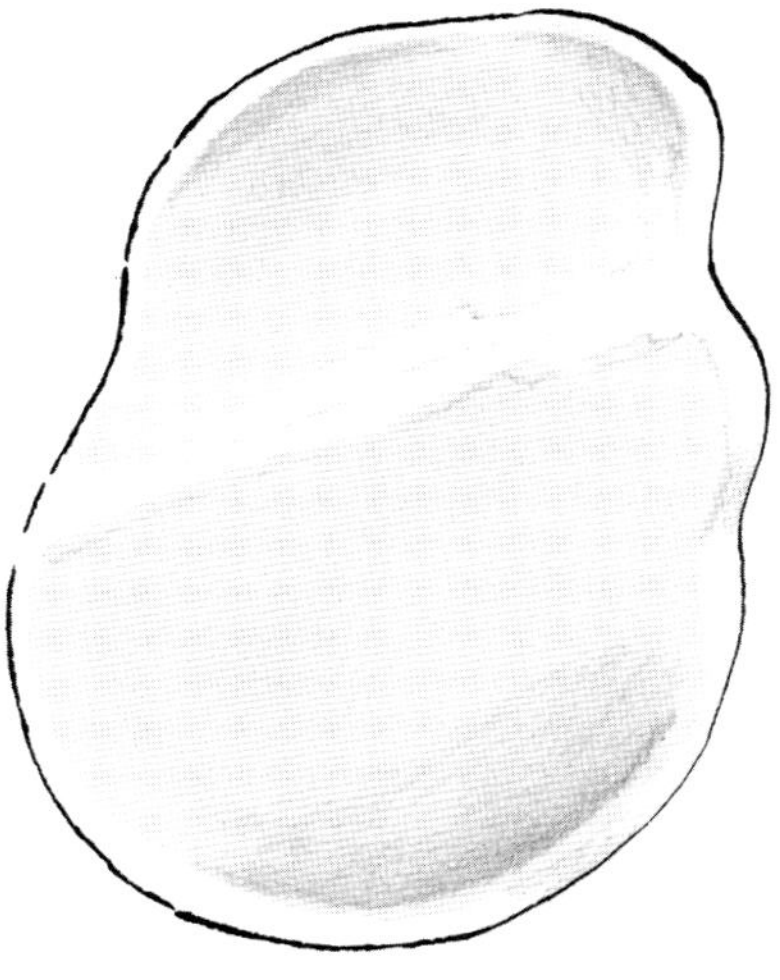

肌《はだ》をざらざらとさするような、痛《いた》いくらいの日ざしの午後でした。銀杏堂《ぎんなんどう》のとびらをがらり、とあけて一歩なかに入ると、いっしゅんにして、なにも見えなくなりました。ほとんど黒に近い緑色が、びたっと目玉にはりついたかのようです。外の、くらむような光のなかにいたレンちゃんの目は、店の暗さになれず、もう目をあけているのか閉《と》じているのかさえ、よくわからないのでした。

手さぐりでなかへ進もうとすると、ぴかり！と、奥《おく》のほうでなにか光ったような気がしました。なんだろう？　レンちゃんはまだよく見えない目のまま、光ったほうへと近づいていきました。まっ暗な店のなかは、外よりいくぶんひんやりしています。レンちゃんの好《す》きな、かびくさいにおいが、ほのかにします。

目がなれて、だんだん見えるようになってみると、さっき光ったものがなんだったのか、わからなくなりました。おぼんくらいの大きさの鏡《かがみ》が、かべにかけてあるような気がしていたのに、そんなものは見あたりません。よく見えないまま近よったので、まちがったほうへ歩いてきてしまったのかしら？　そう思ってレンちゃんはもう一度、店の戸口のほうからながめてみることにしました。戸口へもどってからふりかえると、

ぴかり！

ありました、ありました。しかも今度は、レンちゃんの目もしっかりしているので、そ

の光はちらちらと、消えずにあります。かんぺきな円ではない、ふにゃっとしたへんな形の、銀色のおぼんのような鏡が、たしかに奥のかべにかけてありました。

そこでもう一度、その鏡に向かって歩みよると、あらふしぎ。どうしてか近づこうとするとその鏡は見えなくなって、どこにあるのか全然《ぜんぜん》わからなくなるのです。レンちゃんはまた戸口にもどって、今度はしんちょうに、鏡から目をはなさないよう気をつけて、ゆっくり近づこうとしました。ところがやっぱり、あるところまで来ると、鏡はどこにあるのかわからなくなってしまうのです。いったいどういうことなのか、さっぱりわからないまま、レンちゃんは店の戸口と奥とを、行ったり来たりしました。

「ははははは。なにをしているのかと思えば……」

高田さんが、そんなレンちゃんのすがたを見て、さもおかしそうにわらいました。そしてレンちゃんを見たまますうしろ向きに、さっきレンちゃんがめざしていたかべとは反対側《はんたいがわ》のかべへと歩いていき、なにもないところへ向かってうしろ手に、ひょいっとなにかをつかんだそぶりをして、レンちゃんのほうへその腕《うで》をさしだし、

「両手を出してごらん」

といいました。高田さんの手にはなにもつかまれていなかったのですが、レンちゃんの両手の上に、なにかを置くふりをしました。すると、

「ひゃあ」

おもわずレンちゃんは声をあげました。なにもないはずの両手に、ふわりとなにかが置かれたのをかんじるのです。うすいビニールのようにとっても軽くて、少しひんやりしていて、肌《はだ》にすいつくようでいながら、さらさらと流れるようでもある、ずーっとさわっていたいような〈なにか〉でした。

「なんともたまらない品だろ？　しっとりしていて、極上《ごくじょう》の絹《きぬ》のように手になじむ。まるでなにもないかのごとく、とうめいだ。それなのに、」

といいながら高田さんはそれをつかんで、

「遠くへはなすと」

ひょいっと投げました。

「光る！」

うすくのばしたピザ生地《きじ》みたいに、それは積《つ》まれた本の山の上に、ふぁさっとのっかって光りました。とつぜん本の上に水たまりができたかのようです。

「あれ、なに？」

レンちゃんは、本の上の水たまりのほうへ近づきながら、たずねました。

「そうやって近づいても、また見うしなうよ。これはね、サバンナの逃《に》げ水《みず》だよ。逃げ水

を見たことあるかい？」

「うん、あるよ。夏休みにパパとドライブ行ったとき」

「そう、風のない暑い晴れた日にね、まるで遠くに水たまりがあるように見えるのに、近づいても近づいても、その水たまりにはたどりつかない。蜃気楼《しんきろう》のひとつで、まぼろしなんだけどね。それをつかまえたのさ」

「どうやってつかまえたの？」

「ざんねんながら、つかまえたのはわたしじゃないのさ。でもどうやってつかまえたのかは、知っているよ。知りたいかい？」

「うん、知りたい」

「逃げ水をつかまえるために、ある男がサバンナへ行った。サバンナっていうのは太陽がぎんぎらに照りつける、乾《かわ》いた草原さ。地平線が三六〇度見わたせて、世界が空と大地でちょうどまっぷたつに分かれてる、そんなところだよ。

　さて、その男もまた、さっきのレンちゃんみたいに、さいしょはすなおにまっすぐ追いかけては、逃《に》げ水《みず》に逃げられていたのさ。こっちが歩みよれば、そのぶんだけあとずさる。どうやっても近づくことができない。逃げられれば逃げられるほど、ふしぎなことに、どうしてもつかまえたい、そんな気持ちになる。だけど、ちょっと近づいてはちょっと逃げられ、そんなことをずっとくりかえしていても、らちがあかないわな。

　そこで、なにかべつの方法はないかと、男は考えたわけだ。まずは逃げ水をよく知ることから始めようと。そしてよく観察《かんさつ》して、気づいた。逃げ水の逃げるリズム感がわかった。近づくのと同じはやさで逃げているわけではなくて、逃げるタイミングがあるらしい。逃

げ水なりの、限界《げんかい》のラインがあるとでもいうのかね。そのラインまでは、こっちが近づくことをがまんして、そのラインをこえると、そのしゅんかんに、ふっとすがたが見えなくなって、ぱっとあらわれたかと思ったら、そのときにはもう遠くにいる。

そういうリズムを逃げ水が持っていることに気がついた男は、そのぎりぎりのラインをさぐって、逃げられる一歩手前のところにふみとどまり、それ以上《いじょう》、近づかないことにしたんだ」

「近づかないで、どうしていたの？　それだとつかまえられないでしょ？」

「まあまあ、そうせっかちになってはいけないよ。せっかちなのが、もっとも逃げ水がきらうことなんだから。

男がそこでなにをしていたかというと、とくになにもしないで、そこにすわって一日をすごしていたのさ。サンドイッチを食べたり、りんごの皮をゆっくりむいたり、おいしいコーヒーをいれたり、本を読んだり。ときにはギターをひきながら歌ったり、一人二役で将棋《しょうぎ》もさしたらしいよ。逃げ水のほうにも、自分を知るチャンスをあたえたんだ。

その距離《きょり》さえたもっていれば、逃げ水もおとなしく、そこにじっとしていた。毎日、日がのぼるころそこへ来てすわって、日がかたむいたら帰る、そ

んな日々をすごしたのさ」

「そうやって馴《な》れたら、だんだん近づけるから？」

「そう、男もそう考えていた。ところが、そうは問屋《とんや》がおろさない。ある日、もうそろそろ逃《に》げ水《みず》に信用《しんよう》されたかなあ、と思って一歩近づいたとたんに、ひゅっと逃げられた！」

「あららあ」

「ふりだしにもどっちまったのさ」

「それからどうしたの？」

「もちろん男はあきらめなかった。それまで男は、逃げ水と自分とのことを〈星の王子さま〉とキツネみたいに考えていた。毎日、同じ場所、同じ時間に会いつづけていれば、お

たがいにとってのとくべつになれると思ったのさ。でもどうやら逃げ水にかぎっていえば、その考えはまちがいだったらしい。やつはとんでもないあまのじゃくで、信用してもらえるなんて考えは、あまかった。そこで、べつのものがたりをお手本にすることにした。本っていうのはこんなふうに、生きる知恵《ちえ》をあたえてくれるものなのさ。ところでどのものがたりをお手本にしたと思うかい？」

「え〜、わかんない」

「え〜、わかんないって、ちっとも考えようとしてないじゃないか。考えようともしないで、わかんないなんていうんじゃないよ。ヒントは、距離《きょり》、方向。それからあまのじゃくってことも」

「わたしも知ってる本？」

「知っていると思うよ。女の子が主人公で、へんてこな世界に入ってしまうんだ。女の子が行きたいほうへ行こうとすると、行きたくないほうへ進んでしまうんだ」

「わかった！　〈鏡《かがみ》の国のアリス〉！」

「ご名答！　アリスは行きたいほうへ行く方法を見つけたよね。どうしたか、おぼえている？」

「行きたいのとは反対のほうへ歩いた」

「そうさ。それを男は応用《おうよう》したのさ」

「どうやったの？」

「レンちゃんがいったとおりのことをしたのさ」

「じゃあ、逃《に》げ水《みず》とは反対のほうへ歩いた」

「そのとおり！　レンちゃんはかしこい女の子だね。そう、男は逃げ水から逃げたのさ」

「へえ、おもしろいね。逃げたら、つかまえられたの？」

「そうさ。でも話はそんなにかんたんでもなかった。ついてくるかどうか、ふりかえって見ながらあとずさっても、逃げ水は追いかけてはこない。だから、気長に逃げ水のそばで一日くらす作戦《さくせん》をとりながら、一日一歩だけあとずさることにした」

「ふうん」

「もし、男が遠ざかった一歩分だけしか逃げ水が追いかけてこないなら、計算では永遠《えいえん》に距離《きょり》はちぢまらないことになるよね？　けれどふしぎなことに、気づかないくらい少しずつではあるけれども、逃げ水は近づいてきた。どうやらポイントは、逃げ水のことをまっすぐまともに見ないように気をつけるということだったらしい。なるべく見ないようにして、一歩ずつあとずさって日をかさねていると、ついに！」

「ついに？」

「そら、もう手がとどくところまで！」

「うわあ、きんちょうするね！」

「きんちょうするねぇ。男はあんまりうれしくって、自然《しぜん》にふるまうのはたいへんだったといっていたよ。でもここで失敗《しっぱい》したら、もとのもくあみだ。だからできるだけ、さりげなぁく、逃げ水を見ないようにして、そうしてふいに、ひょいっと、逃げ水をつまんだのさ」

「わかった！　それがさっき高田さんが逃げ水をつかまえたときのやりかたなんだね！」

「そうです、そのとおり！」

「そして、その男の人が、銀杏堂《ぎんなんどう》に逃げ水を売りに来たの？」

「いいや、売りには来ていないよ」

「じゃあ、どうしてここにあるの？」

「それには、ちょっとしたわけがあるのさ。その男がこの逃げ水をつかまえるのにやっきになっていたころ、わたしもこの逃げ水を追いかけていたんだよ。けっきょくは男がしとめちまったけど、わたしもなかなかいい線いってたんだよ、ほんとに。

わたしの戦法《せんぽう》ってのは、こうさ。〈ひたすら背中《せなか》を向けて、逃げ水のほうへうしろ向きに歩く〉。まあたしかに、がむしゃらな、あんまりエレガントなやりかたじゃないことはみとめるがね。それでも手ごたえはあった。

それなのにある日、目のまえで逃《に》げ水《みず》をかっさらわれて、くやしかったのなんの。わたしは、ふっとうしたやかんみたいにカーッとなっちまって、『それはわたしのものだ！』なんてめちゃくちゃなこといって、男にくってかかった。でも男は逃げ水を持って、わらいながら、

『わるいね、おじょうさん』

と、その場を立ち去ったんだ。すずしい顔しちゃってさ。

それを見て、わたしはますます腹《はら》をたてて、逃げ水を持って逃げる男を追いかけたんだよ。すきあらば、うばおうとして、けっこうしつこく追いかけた。けれどついにくじけて、

あきらめようとしたとき、男はわらいながら近づいてきて、こういった。

『きみも逃げ水を手に入れたい、ぼくももちろん手ばなす気はない。ひとつの逃げ水を二人が同時に持つことはできない。でも、そのできないことをかなえる方法《ほうほう》が、ひとつだけあるよ』

そう、その男っていうのは、わたしの夫《おっと》さ。結婚《けっこん》したから、もう逃げ水をうばいあう必《ひつ》要《よう》はなくなった」

「ええ？　高田さんは逃げ水がほしいから結婚したの？」

「ははは。レンちゃんはおりこうさんだけど、やっぱり子どもだね」

高田さんは逃げ水をいとおしそうになでながら、なつかしい目をしていました。はじめて見るような高田さんのやわらかい表情《ひょうじょう》をながめていると、レンちゃんがまだ知らない、それでいてひどくなつかしい、あまやかな世界の気配がして、レンちゃんの心に、その世界へのあこがれと希望《きぼう》のようなものが生まれたのでした。

絵のなかのスカーフ

前編《ぜんぺん》

いつものように学校帰りにレンちゃんが銀杏堂《ぎんなんどう》によると、とびらをひらくまえに、なかからにぎやかなわらい声が聞こえてきました。

（だれかお客さんがいるんだ）

お店なのだから、お客さんがいるのはふしぎなことではありません。もしお客さんが一人もいなくて、だれも商品を買ってくれなかったら、お店はつぶれてしまいます。だからお客さんがいるのはいいことなのです。それなのに、どういうわけかレンちゃんは、きずついたような気持ちになってしまいました。

（このまま、おうちに帰ろうかな……）

そう思ったとき、ガラリ、と店のとびらがひらき、と同時に、

「まいど」

と、いせいのいい声がしました。エプロンをしたおじさんが店のなかへ軽く頭をさげながら出てきて、レンちゃんにぶつかりそうになりました。

「おっと、ごめんよ。高田さん、小さいお客さんだよ」

「おやレンちゃん、いらっしゃい。この子はね、うちのおとくいさんなんだよ。お入り、レンちゃん」

レンちゃんはなんとなくいきおいにのまれ、だまったまま店に入りました。

「したら、またなにかあったら、いつでも声かけてくださいよ」

おじさんは大きな明るい声でいい、高田さんも、

「ええ、ええ、おかげでずいぶん見ばえもよくなって、商品としての価値《かち》もあがりましたから」

と答えます。

「そりゃもう、そういっていただければ、額屋冥利《がくやみょうり》につきますわ。おっと。すっかり長居《ながい》しちまって。それじゃまた、なにかあったらいつでも」

「ほんとにありがとうございました」

高田さんは立ち去るおじさんを、おじぎをして見送り、とびらをガラガラと閉《し》めました。

レンちゃんのほうにふりかえったときにはまだ、その顔に笑《え》みをはりつけたままでした。

どうやら、二人が話していたのは絵のことのようです。なぜなら店のまんなかに、見たことのない大きな絵が置いてありましたから。

「この絵どうしたの？　あのおじさんの絵？」

「いやいや、ちがうよ。あのおじさんは額屋だよ。わたしがこの絵に合うように、額を注文して作ってもらったのさ」

「ふうん。でもこの絵、まえはお店になかったよね？」

「そう、店頭には置いてなかった。自《じ》宅《たく》にしまいこんでいたのさ。もともとは売り物だったんだけど、ちょっと手ばなせない事情《じじょう》ができてね。でもいつまでも執着《しゅうちゃく》しててもキリもなし、いっそ見えないところにやっちまったほうがあきらめもつくかと思ってね。それで、手ばなすことにしたのさ。ただそのままではね、きずものといえなくもない商品だもんだから、化粧直《けしょうなお》しをしてね、額《がく》をつけて売ることにしたんだよ」

（キズモノ？）

レンちゃんはしげしげと絵をながめました。

風景画《ふうけいが》です。広い草原、遠くに見え

る山、青い空。ごくふつうの風景画です。けれど、見ているうちに、なにかがへんな気がしてきました。一見つまらないほどにさわやかな、あたりさわりのない絵のようで、じつはかなり奇妙《きみょう》なふんいきを持っているのです。じっと絵を見つめているうちに、さっきはまったく気にならなかったことが気になりはじめました。まず、手前の岩がへんです。遠くにあるあの山は、手前にある森や丘《おか》にかくれているせいで全体がどんな形なのかわかりませんが、ふつうの山とはちがう形をしていそうです。それにそもそも、この絵の中心ともいえる宙《ちゅう》に舞《ま》うこの布《ぬの》きれは、いったいなんなのでしょう。なにを描《か》きたくて、画家はこんな風景を絵にしようとしたのでしょうか。そんなことを考えているうちに、レンちゃんはぐーっと絵のなかに入ってしまいそうな感覚《かんかく》におそわれました。

（こわい！）

体にぐっと力を入れると、まるでブレーキをふんだように、ひきずりこまれそうな感覚はやみました。

「高田さん」

「なんだい？」

「この絵を気に入っていたから、ずっと売らずにいたの？」

「うーん、というよりは、あのスカーフがあきらめきれなかったんだよ」

「スカーフ？」

「ああ、そうだよ。そら、そこにふわっと描《か》かれているきれいな布《ぬの》、ありゃ、わたしのスカーフなんだよ」

「絵描《えか》きさんが、高田さんのスカーフを描いてくれたの？」

「いや、画家がモチーフにして描いたんじゃなくて、わたしのスカーフそのものなんだよ。もともとこの絵にスカーフは描かれていなかった。わたしのせいで、ここにスカーフがある絵になってしまった。だからわたしが、この絵をきずものにしてしまったわけだ。もっとも、スカーフがあったほうが、この絵の構図《こうず》はしまるけどね。それはさておき、わたしはいつか、このスカーフをとりかえせるんじゃないかと思って、そのチャンスをねらっていたんだよ。なにしろ、わたしにとっては、ここぞというときの必勝《ひっしょう》アイテムの、たいせつなスカーフだったもんだから」

「とりかえす？　それってどういうこと？　絵に描かれたスカーフをとりかえすの？」

「ははは、そりゃ奇妙《きみょう》に聞こえるだろうね。わたしはね、この絵のなかに入ったことがあるんだよ。そして出るときにね、あのスカーフを置きざりにしてしまったんだ」

「ええ!?　絵のなかに!?」

レンちゃんは、さっきおそわれた感覚《かんかく》に思いあたって、うっすら恐怖《きょうふ》をかんじました。

「そうなのさ。いつかまた、ふいに入れることもあろうかと、チャンスを待っていたんだけど、どうもね、うまくいかなくて」

「どうやって、絵のなかに入ったの？」

聞きながら、胸《むね》がドキドキしてきます。

「それがね、どうやって入れたのか、いまだにわからないんだよ。もしわかればもう一度入って、とっくにスカーフをとりもどしていたんだがね。惜《お》しいことをした。まあ、そのおかげで〈この世界のひみつのまきもの〉を手に入れることもできたんだけれどもね」

「ひみつの……？」

「そう、まきもの。それを絵のなかから持ってきたときの話、くわしく聞きたいかい？」

「うん、聞きたい」

「よしよし。立ったままもなんだから、すわるとしよう」

二人は絵のまえにいすをならべて、こしかけました。

「あれはね、まだこの店を始めてまもないころだったよ。その日は、店を閉《し》めたあとに用事があって、少し早めに閉めようとしていた。すると、閉店《へいてん》まぎわに、ひとりの男の客がとびこんできた。うすくなったひたいに、ふきだす玉の汗《あせ》、そのうえ大きなばんそうこうをはりつけている。六幅《むはば》ほどの大風呂敷《おおぶろしき》につつんだものを、小太りの体でかかえている。

『これをひきとってほしいんだが』

風呂敷《ふろしき》からあらわれたのが、そう、この絵。わたしにゃあんまり値《ね》うちがあるようには思えなくて、

『もうしわけございません。うちでは少しむずかしいかと』

と、ていちょうにおことわりした。けれどお客は、

『いくらでもいいから、ひきとってくれないか』

と、くいさがる。わたしもまだ店を始めたばかりで品数が少なかったから、商品を仕入れたいのはやまやま、かといって、なんでもいいわけでもなく、こだわりのものしか、この店には置きたくない。だからことわりつづけたんだが、お客もしつこくて、なかなか帰ってくれない。しかたなく、少しのお金をわたして追いはらったのさ。

『うちは質屋《しちや》じゃないよ！』

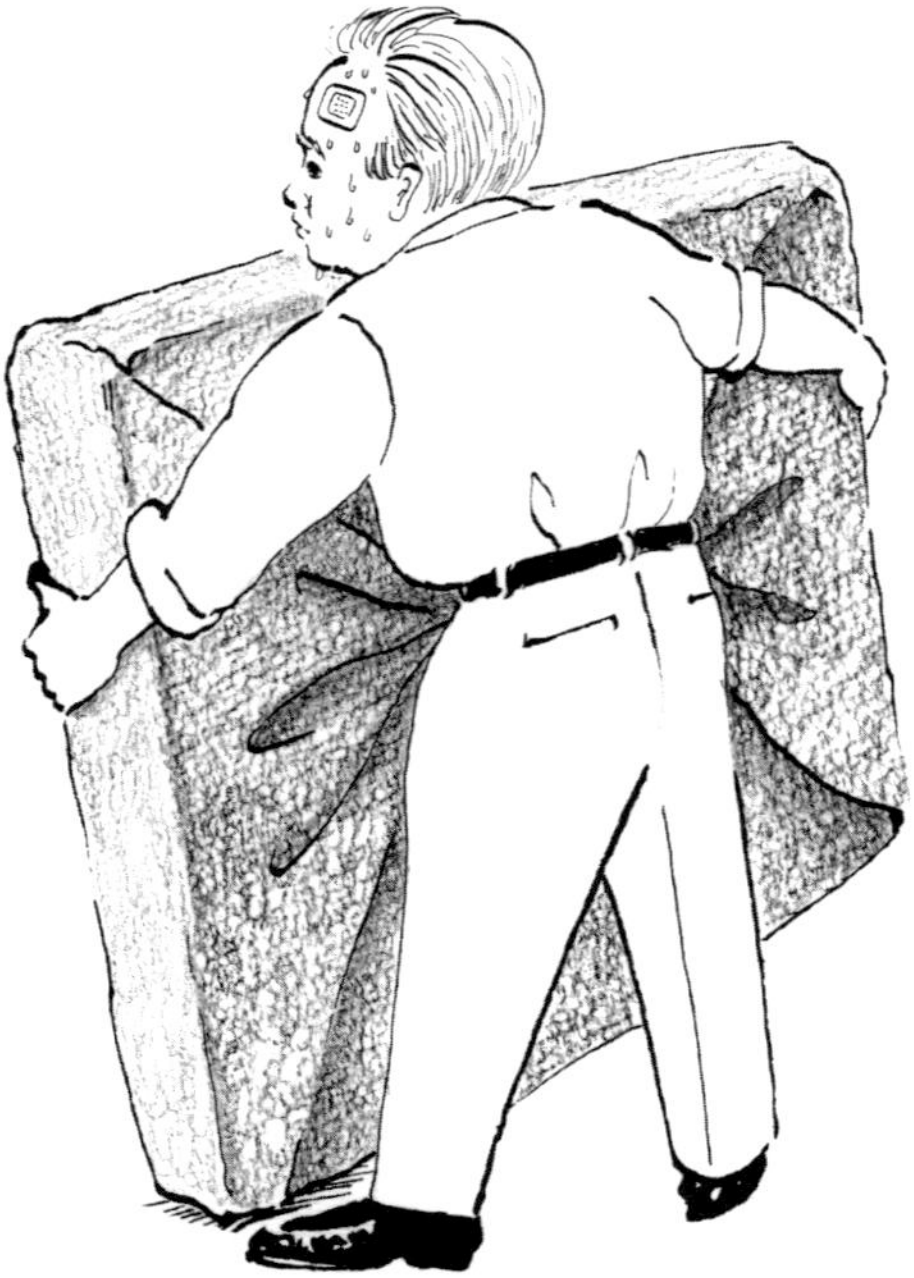

と背中《せなか》に悪態《あくたい》ついたけど、そのお客はふりかえりもせず、逃《に》げるように去っていった。

さて、わたしは店を閉《し》め、でかけるしたくを始めた。その日は、かねてから手に入れたかった骨董《こっとう》のオークションがあったんだ。あのスカーフを手に、鏡《かがみ》のまえに立った。

あのスカーフは、母がよくしていたものをゆずってもらった、たいせつなスカーフだった。さっきも少し話したけれど、勝負のときにはかならず、まいていくことにしていたんだ。あれを身につけてオークションに出ると、落札《らくさつ》（せりに勝つことだよ）できるということがつづいて、それ以来《いらい》、お守りのようになっていたのさ。まだ店を始めたばかりの新人だったから、ベテランたちに気圧《けお》されないよう、自信《じしん》をあたえてくれるなら、どんなまじないでもやってみていた。

スカーフをきゅっと首にまいて、さあ、気合いも入った。

ふと、鏡のなかのわたしのむこうに、あの絵がうつっているのが目に入った。せっかくのピリッとひきしまった気分が、このつまらない絵に水をさされ、だいなしになっちまった気がした。

（いまいましい絵め）

気持ちをきりかえたくて、スカーフをまきなおそうと結《むす》び目《め》をほどきかけたけれど、鏡にうつった絵につい目がいってしまう。そしてとうとう、じっと見つめはじめてしまった。

なんだか、鏡《かがみ》のむこうに、左右があべこべになっているもうひとつのわたしの店があって、その店に窓《まど》がついていて、窓の外にこの絵の景色《けしき》がひろがっているみたいに見えて、おもしろくなってきた。

鏡の世界をずっと見ているうちに、絵の景色がほんとうにあって、行けるんじゃないかって気がしてきた。そういうことってあるだろ？　絵を見たり、本を読んだり、音楽を聞いたりしていて、いつのまにかすっかりその世界に入ってしまうこと。だからって、そのときは、まさかほんとに絵のなかに入れるとは思っていなかったけどね。

ほら、あの、むこうの山。あの山、なんだかふしぎな形だろ？　気になって、鏡ごしではなく、ちゃんと絵に向かいあおうとしてふりかえり、ぎょっとした。なんと、この絵、鏡にうつっても、左右がさかさまにはなっていなかったんだ。

（いったい、なんなんだ、この絵は……!?）

わたしは絵から目をそらすことができなくなってしまった。絵の景色はどんどん奥《おく》ゆきをましてゆく。そして、ものすごい引力でわたしをひっぱる。いや、絵の世界がわたしをとりかこみ、のみこもうとする、というべきか。そんなめまいのような感覚《かんかく》におそわれ、そう、気がつけば、絵のなかにいたって寸法《すんぽう》さ」

この世界のひみつのまきもの

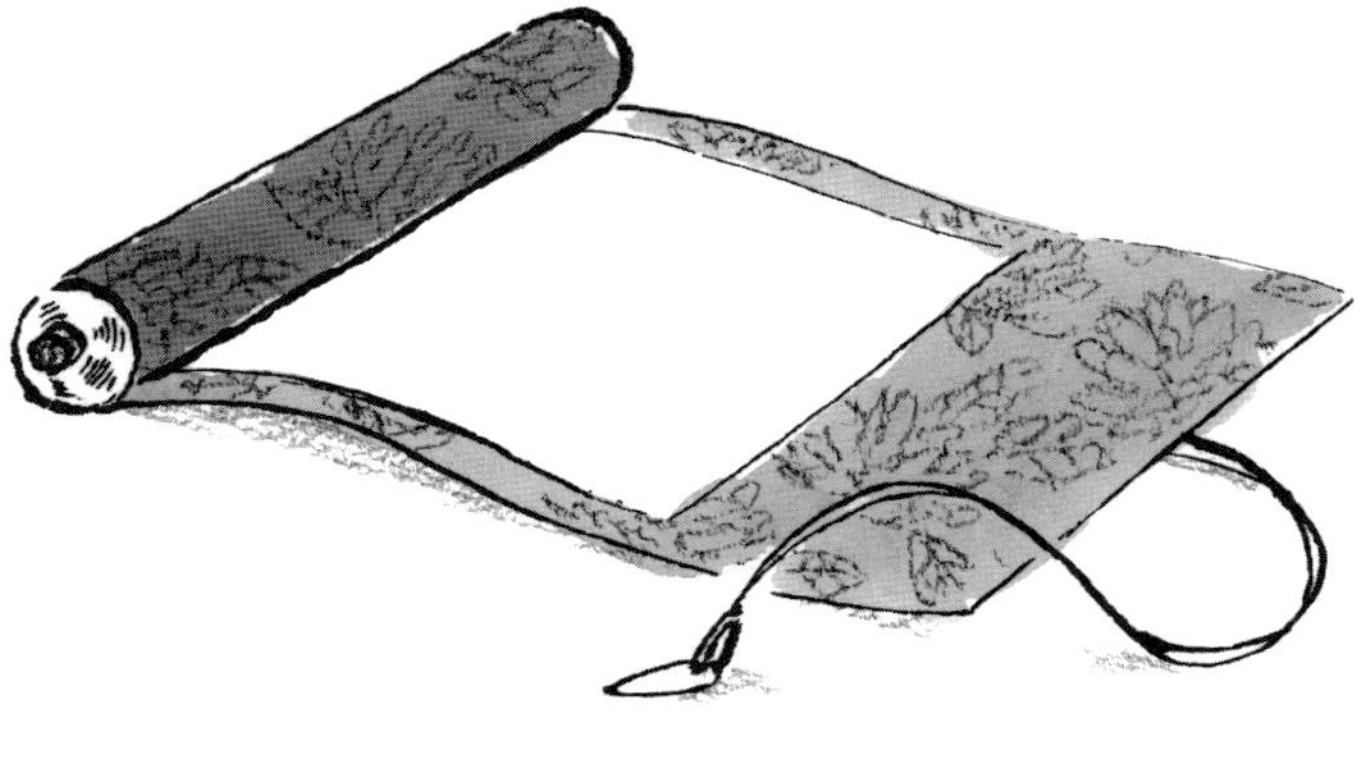

「ふふ、あれはなかなかおもしろい体験《たいけん》だったね。絵のなかに入るっていうのは三六〇度、体じゅうその絵につつまれるということだからね。ふだん絵を見るときみたいに、描《か》かれている世界を外からながめるのとは、受ける印象《いんしょう》はまるでちがう。絵のなかは、現実《げんじつ》の世界よりもなにかが足りないような、うすっぺらなかんじがする世界だった。

どうしてこんなことになったのかというおそろしさよりも、好奇心《こうきしん》がまさって、わたしは絵のなかの景色《けしき》をあじわっていた。すると、とつぜん空気をうちやぶるような、すさまじい声がした。

『おまえもか⁉』

わたしゃとびあがるほどおどろいて、あたりを見まわしたけど、だれもいない。するとまた、

『おまえもか！』

と、どなり声がする。なんだなんだ？　意味がまったくわからず、キョロキョロしてみても、だれもいない。と、そのとき視界《しかい》のはじでなにか動いたような気がして、そちらを見たけれど、岩があるだけ。そう、あのおかしな形をした岩ね。気のせいか……。ところが目をそらすとまた、岩がザザザと動いているような、そんな気がした。そのとたん、石つぶてがわたしめがけて、とんできた。

『いたっ！』

とさけぶと、さらにバラバラと石がとんでくる。岩が石を吐《は》きだしているみたいに。たまったもんじゃない。どういうことかと目をこらして見れば、岩はたくさんの人、いや、猿《さる》のようなものだった。そいつらが、それぞれわたしに向かって石を投げつけていたんだ。

『やめなさい‼』

わたしが岩猿《いわざる》どもをどなりつけると、やつら、案外《あんがい》すなおに石を投げるのをやめた。

『なぜ人に石を投げつける？』

わたしが問いかけると、〈おまえもか〉とはいったいどういう意味か？』

岩猿たちは、大きな岩がころがり落ちるような声でこういった。

『どうせおまえも、あれをねらってやってきたんじゃろうが』

『おまえのような者がいくらやってきたって、けっしてあれはわたさない』

『痛《いた》い目にあいたくなかったら、いまのうちに立ち去れ』

などと口々に悪態《あくたい》つくのさ、なまいきにも。

『あんたたちの話しかたはまったく要領《ようりょう》をえないね。〈あれ〉とはなんのことだ』

『〈この世界のひみつのまきもの〉のことに決まってるじゃろうが』

絵のなかのこととはいえ、わたしはそんなものの存在《そんざい》すら耳にしたことはない。骨董屋《こっとうや》のプライドがちょっぴりきずついたよ。

『〈まきもの〉？　世界のひみつ、の？』

『なにをとぼけたことを。それをねらって、あの小男のように、おまえものこのこやってきたんじゃろうが』

『あの小男がおまえの一味《いちみ》だってことはわかっとる』

『あいつ、おれたちにおそれをなして、しっぽをまいて逃《に》げおったわい』

がけくずれみたいな音で、岩猿《いわざる》たちはみんなでいっせいにわらいだした。

はははあん、とわたしは察《さっ》しがついた。その小男というのは、この絵を売りつけにきた、あのお客だ。おでこの大きなばんそうこう。かわいそうに、岩猿たちの石にあたっちまったんだろう。どうもようすがおかしかったのは、きっと、絵のなかに入ってしまったことがおそろしくなって、いっこくも早くこの絵を手ばなしたかったからにちがいない。

それにしても、その〈まきもの〉とやら。なにかとてもだいじなものらしい。がぜん、興味《きょうみ》がわいてきた。

『で、その〈まきもの〉が、ここにあると？』

『知っているくせに、なぜそれを聞く？』

知らないから聞いているというのに、この返事。真正面《ましょうめん》から教えてくれとたのんだところで、とうてい教えてくれそうにない。そこでわたしは知恵《ちえ》をしぼってこういった。

『あんたたちこそ、そんなにいうけど、ほんとうはそのありかを知らぬのでは？』

『なにをっ！　あれはおれたちが守るべきものじゃ！　知らぬわけがない！』

『ほんとうにそうなのかねェ。どうもあやしいねェ。ありかも知らずして、番人面《ばんにんづら》するとはねェ』

『おのれっ。どこまでぶじょくする気じゃっ、〈まきもの〉が大仏山《だいぶつやま》にあることをおれたちが知らないとでもいうのか⁉』

（しめた！）

〈大仏山〉だと。このころには、わたしは〈まきもの〉を手に入れたくてゾクゾクしていた。

『あんたがた、大仏山へ行ったことがあるのかい？』

『ない』

『ひょっとして大仏山がどこにあるのか、知らないんじゃあるまいな？』

『なんじゃと、大仏山を知らないだと⁉　おれたちは山のいただきに向かって、朝夕きっちり拝《おが》んでいるんじゃ！』

そういってやつら、いっせいにある方角に向かっておじぎしたんだ。その視線《しせん》の先にあるのは、あのふしぎな形の山だった。

『あんたたちはあの大仏山をあがめている、だけど行ったことはないと?』

『そうじゃ』

『それなら、なぜ〈まきもの〉があそこにあることを知ってる?』

『むかしから、そういわれているからじゃ』

『〈まきもの〉の実物は、見たことがないというわけか?』

『ない』

『なぜ、行って見てみようと思わない?』

『道中、落石でけがするかもしれないからじゃ』

『高山病《こうざんびょう》になるかもしれないからじゃ』

『行っても、もうないかもしれないからじゃ』

『あっても、見せてもらえないかもしれないからじゃ』

『見られたとしても、ばちがあたるかもしれないからじゃ』

『ぶじに帰れないかもしれないからじゃ』

わたしはあいた口をふさぐのに、かなりの時間を要《よう》したよ。

『はッ！　なァんてつまらんやつら！　あんたらは同じ岩の猿《さる》でも孫悟空《そんごくう》とはずいぶんちがうね。たとえいたずらがすぎてお釈迦《しゃか》さまに岩にされたとしても、破天荒《はてんこう》な孫悟空のほうが、よっぽどわたし好《ごの》みだね。あんたらは一生そこにいたまんま、ぐだぐだくらすがいいさ。わたしゃ、ちょっくら行ってくるよ、さいなら』

岩猿《いわざる》たちは言葉も見つからないほど怒《おこ》って、また石を投げつけてきた。バラバラとんでくる石はわたしの体にぶつかって、あっちこっちアザを作った。けれど、そんなに痛《いた》さはかんじなかった。これからの冒険《ぼうけん》にワクワクしていたせいだね。走りだしたそのとき、ふしぎなことがおこった。

わたしはとつぜん大仏山《だいぶつやま》のふもとにいたんだ。小さな木の立《た》て札《ふだ》に〈大仏山〉と書いてあり、そのわきに石の階段《かいだん》があった。近すぎて山の全貌《ぜんぼう》はわからずじまい。なにがなんだかわからんが、とりあえずわたしは石段《いしだん》をえっちらおっちら、のぼりはじめた。

やがて石の段々はなくなり、砂利《じゃり》の坂道にかわった。霧《きり》がかかっていて、どのくらいの高さまでのぼってきたのかわからない。さほど急ではない坂道をだらだらとひたすらのぼっているうちに、どこかへ向かって進んでるっていう気がしなくなってきた。ひとところを足ぶみしてるだけなんじゃないか？　と、うたがいたくなってきた。さすが大仏と名のつくだけあって、いかにも苦行《くぎょう》ってかんじだろ？　波瀾万丈《はらんばんじょう》の試練《しれん》ではなく、たいくつという苦行。まさしく〈世界のひみつのまきもの〉を手にするにふさわしい道って気がするじゃないか。

そのうち足も痛みはじめ、つかれてきた。けれど、わたしはなかなか休もうとしなかった。早く頂上《ちょうじょう》にたどりつきたいとあせっていたのと、宝《たから》を手に入れたければ、ひきかえに苦労《くろう》しなくてはいけない、という、そんな考えにとらわれていたんだね。

でも、だれも「休むな」なんていってないじゃないか。そう気づいてわたしはやっと、道ばたの石に腰《こし》をおろした。のどはカラカラ。けれど、水筒《すいとう》なんてもちろん持ってきていない。ああ、ひとくちでもいいから水が飲みたい。舌《した》がかわいて根もとからぱさっともげちまいそうだ。いますぐ、冷《つめ》たい水でのどをうるおすことができたら、どんなにしあわせかしら。

ふと、わきを見ると、さといもの葉のような大きな葉っぱに、まあるく水がたまっているのを見つけた。わたしはその大きな水の玉をひといきに飲みほした。葉っぱの上を水銀のようにころがりすべり、わたしの口へすいこまれたあまい水、あとにも先にも、あんなにうまい水は飲んだことがないね。

やっと落ちつきをとりもどし、ぼんやりすわったまま、わたしは〈まきもの〉について思いをめぐらせた。どんなことが書かれているんだろう。どこにしまってあるのだろう。なんとなく想像《そうぞう》では、山の頂上《ちょうじょう》にお寺かなんかがあって、お坊《ぼう》さんかだれかが代々《だいだい》〈まきもの〉の番人をしている。わたしがさんざんたのんだすえに、お坊さんがやっとのことで、出《だ》し惜《お》しみしながら、奥《おく》にひそかにしまってあった〈まきもの〉を持ってくる。そして桐《きり》の箱《はこ》から、うやうやしく〈まきもの〉をとりだし、ひろげてみせる……そんなイメージを持っていた。

だけどあらためて考えてみると、そもそも、頂上にあるのかどうかもわからない。わたしは〈まきもの〉が大仏山《だいぶつやま》のどこにあるのか、くわしく聞かずに来てしまったんだ。岩猿《いわざる》たちからもっと聞きだしてから出発すべきだった。とても宝《たから》には見えないように、ぞんざいに置かれたものがほんものの宝だった、なんてことはザラにある。案外《あんがい》、どんな箱にも入っておらず、どんな建物《たてもの》にも安置《あんち》されず、ふきっさらしにむきだしで、ポイッと置いてあったりして。なァんてことを考えていたら、おっかしくなってきて、一人でぷっとふきだした。

なにげなくそばを見ると、たいらな腰《こし》かけのような石の上に美しい棒《ぼう》がのっかってた。ずっとそこにあったような気もするし、いまとつぜん、あらわれたような気もする。わたしはなにげなくそのきれいな棒に手をのばし、ふれたしゅんかん、ギョッとした。

だってそれは、まぎれもない〈世界のひみつのまきもの〉だったから」

「え!?　ええーっ‼」

ずっとだまって聞いていたレンちゃんが、ひさしぶりに大きな声を出しました。

「はは、びっくりだろ？　わたしは〈まきもの〉のそばにぐうぜんすわったのか、あるいは、わたしがそこにすわって〈まきもの〉のことを考えたら、そこにあらわれたのか……。よくわからないけど、どちらも同じことのような気もしてくる。いずれにせよ、望《のぞ》むものは手に入れたことだし、わたしはさっさと山をくだることにした」

「高田さん、すぐに〈まきもの〉を見なかったの？」

「なんて書いてあったの？」

「もちろん見たさ」

「見たいかい？」

「見たい見たい！」

「ちょっとまってな」

高田さんは陳列台《ちんれつだい》の商品のなかから、しぶい茶色とモスグリーンと黒の絹織物《きぬおりもの》のまきものを手にしてもどりました。高田さんはつくえの上にまきものをひろげてゆきます。なに

が書かれているのか、レンちゃんはドキドキしながら見守ります。きっと、全部むずかしい漢字で書かれていて、レンちゃんには見てもわからないだろうな、と予想しながら。けれどなかなか、漢字らしきものは、あらわれません。それどころか、いかなる文字もあらわれず、さいごまで白いまま、まきものはすべてほどかれました。つまり、まきものにはなんにも書かれていなかったのです。

二人はしばらくのあいだ、ただの白い紙であるまきものを、だまって見つめていました。

「これが、世界のひみつだとさ」

と高田さんがいいました。

「世界には、ひみつなんてないんだね」

とレンちゃんがいうと、

「なるほど」

と高田さんがうなずきました。

「これ、お絵かき帳にしたら、ながぁーい絵がかけるね！」

「なるほど」

高田さんは二回、うなずきました。

絵のなかのスカーフ　後編《こうへん》

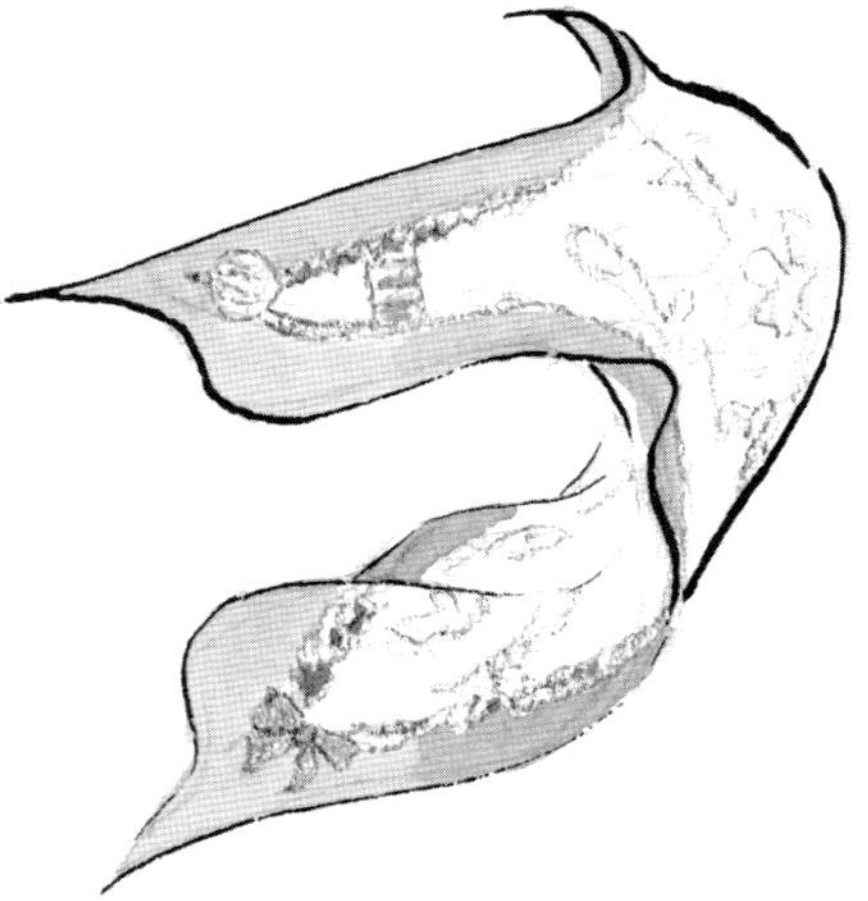

「それからどうなったの？　また岩猿《いわざる》たちに会ったの？」

「そうなんだよ、できれば会わずに立ち去りたいところだったのだけどね。さて、帰ろうとして、そのときうっかり、

（わたしが〈まきもの〉を手に入れたことを岩猿たちが知ったら、どれほどくやしがるだろう）

って想像《そうぞう》しちまった。そのようすを心に浮《う》かべたとたんに、わたしは岩猿のまえに立っていた。そう、大仏山《だいぶつやま》についたときや、葉っぱの上の水や〈まきもの〉が、とつぜんあらわれたときのようにね。

　あんのじょう、やつら大さわぎだ。山くずれかと思うほど、口々にさけんで、うるさいったらありゃしない。

『しずかにおしっ』

わたしがどなると、岩猿たちはピタッとおしだまった。

『世界のひみつが知りたいなら、いまからわたしがひろげてみせよう。そうすれば、あんたがたもみんなひみつを共有《きょうゆう》し、心おだやかになって、これからはいらぬ嫉妬《しっと》にもえて罪《つみ》なき人に石つぶてを投げつけるようなまねをせずとも、よくなるだろ』

そういって、〈まきもの〉を彼《かれ》らのまえにひろげてみせた。

わたしは、岩猿たちがみんな（なあんだ）と、ひょうしぬけして、ほっとするんじゃないかと予想していたんだが、あまかった。いっしゅんの沈黙《ちんもく》ののち、またしてもがけくずれの大さわぎだ。やつら怒《いか》りくるい、石を投げてきた。

『やめなさい！　ひみつを知って、なぜ怒《おこ》る？』

『おまえはひみつをかくしてる！』

『かくしてる？　そんなわけないじゃないか！』

『だったらなぜ白紙なのだ！　おまえが中身をぬいたに決まってる！』

『なにをバカなことを！　これははじめからこうだった。わたしはひみつをひとりじめしようなんてケチなことはしていない。わかちあおうと思ったからこそ、こうしてあんたたちにも見せてるんじゃないか』

『もしおまえのいうことがほんとうなら、おまえは大ばか者だ。その〈まきもの〉の中身はすでにだれかにはぎとられ、持ち去られたのだ。おまえは外側《そとがわ》だけを拾ったのだ。おまえがひみつとして持ちかえったそれは、ただのぬけがらの、ゴミだ！』

わたしは絶句《ぜっく》したよ。どこまでうたぐりぶかいやつらなんだ。いや、でも待てよ。ひょっとしたら、やつらが正しいってことも、ありうるのか？　お人よしのおばかさんは、わたしなのか？　そう思ったら、わたしはきゅうに、この世界がおもしろく、めずらしく、単純《たんじゅん》で、ゆかいに思えてきて、大声でわらっちまった。すると岩猿《いわざる》たちはばかにされたと思って、怒《いか》りのあまり溶岩《ようがん》みたいに赤と黒になって、わたしに石のあられをあびせかけてきた。わたしはわらいもひっこんで、あわてて逃《に》げだした。地ひびきをたてて岩猿たちが追いかけてくる。わたしは息《いき》をきらし、全力で走る、走る。そこで、はたと気づいた。まるで、夢《ゆめ》のなかでこれは夢だと気づいたときみたいに。

(なにを大まじめに逃げているのかしら。しょせん絵のなかなのに)

そう自分をわらったしゅんかん、一陣《いちじん》の風がふきぬけ、その風にのるようにして、気づけばまた、絵の外にいたってわけだ」

「へぇー。でも、スカーフはその風にとばされちゃったの?」

「そうなのさ。絵からとびでて、ふりかえって見れば、スカーフはそれこのとおり、絵のなかに置きざりさ。まきものはかろうじて手にして出てこられたから、まあ、ひきかえみたいなもんだね」

「この岩猿たち、まだ高田さんを追っかけてるポーズだね」

「ほんとだね、いわれてみれば。こちらが絵のなかに入らないかぎり、絵のなかの時《とき》は止まったままってことか」

「いままでこの絵に入ってしまった人は、みんなぶじに外に出られたのかな」

「こわいことをいうねえ。もしかしたら出てこられない人もいるかもしれないね」

レンちゃんは、さっきの、絵にすいこまれそうな感覚《かんかく》を思いだし、ふたたびぞーっとしました。

「出られなくなったら、やだな」

「だいじょうぶ。もし入っちゃっても、自分がだれなのかわすれなければ。ここはしょせん絵のなか、ほんらい自分の存在《そんざい》する次元《じげん》じゃないって意識《いしき》をしっかり持っていれば、きっと出られるよ」

帰り道、レンちゃんは、いつもと風景《ふうけい》がちがって見えるような気がしました。そしてこう思ったのです。もしいま、ほんとうは絵のなかにいるのに、そのことをわすれてしまっているのだとしたらどうしよう？

そう考えたらこわくなって、走って帰りました。

「ただいま！」

レンちゃんは靴《くつ》をぬぐなり、いつもと同じママにとびつき、スカートに顔をうずめると、やっと安心しました。

文字虫《もじむし》

とうめいなびんのなかに、もじゃもじゃにからまりあった黒い糸のようなものが入っています。レンちゃんは、びんをふってみました。ふぁさふぁさと、なかの糸のかたまりは軽く揺《ゆ》れました。ところが、レンちゃんがびんをふるのをやめても、黒い糸はかすかに、もぞもぞと動いているような気がして、レンちゃんはぎょっとしました。びんを顔に近づけ、息《いき》をころしてしずかに観察《かんさつ》してみました。けれど、しばらく見ていても、黒い糸はぴくりとも動きません。やっぱりただの黒い糸だったみたい、とちょっとざんねんな気持ちで（でも、ちょっとほっとした気持ちで）目をはなしたとたん、やっぱり糸は、かすかにふるえたような気がしたのです。

　レンちゃんは、もう一度らんぼうに、びんをシャカシャカふって、おもむろに、びんのふたをあけようとしました。ふたは古びた金色で、ところどころさびています。そのうえもうずいぶん長いあいだ、あけられたことがなかったらしく、ものすごくきつくしまっていて、レンちゃんの力ではとうてい、ひらきそうにありません。

「高田さん、このびんのふた、あけて」

　仕事をしていた高田さんは、ひろげたノートから目をはなさないままレンちゃんのほうに片手《かたて》をさしだし、びんを受けとると、指にはさんでいたたばこを口にくわえて、ふたをあけようとしました。ところが、ふたはぎっちりとかたくしまっていて、いくら力持ちの高田さんでも（高田さんはこんなに細腕《ほそうで》なのに、おそろしく力持ちなのです）びくともしないのでした。

「おや、すっかりさびついちまってるよ。もうだいぶ、むかしのだからねえ。あきらめておくれ」

といいながら、びんをレンちゃんに返しました。がっかりしながらびんをながめていると、わっかになった黒い糸が、かすかにふるえているように見えたのです。

「や、やっぱり動いてる……？」

「ほう、まだ生きていたかい？」

「ええ⁉　これ、生き物なの？」

「ははは、せいかくには生きているといえるのかどうか、わたしにゃわからないけどね、それは文字虫《もじむし》っていうんだよ」

「文字虫？　虫なの？　文字の？」

「そうだよ、黒い糸のように見えるけれども、ひとつひとつがインクでできた、文字の虫なんだ。フランス製《せい》だよ。だから虫はみんなアルファベットなんだ。このびんは手紙なんだよ」

「手紙？　でも、どうやって読むの？」

「虫たちがびんのなかからぞろぞろ出てきて、手紙のさしだし人の言葉どおりに整列して、メッセージをつたえるんだよ」

「わあ、すごい！」

「むかし、ひみつのラブレターをやりとりするのに、フランスの恋人《こいびと》たちのあいだから火がついて、ずいぶんはやってね。パリでは、いくつものびんが恋人たちを行《い》き来《き》していたものだよ」

「へえ！　じゃあ、このびんの中身もラブレターだ、きっと！」

レンちゃんはそういって、もう一度ふたをあけようとしました。でも、やっぱりあきません。

「ははは。もしふたをあけることができたとしても、たぶん、手紙を読むことはできないよ。わたしもさんざんやってみたんだからね」

「読めなかったの？」

「読めなかった」

「どうして？」

「どうしてかっていえば、手紙のあて名の人にしか読めないようになっているからさ。びんをあけた人がほんとうにあて名の本人かどうか知るために、文字虫《もじむし》たちはまず、たしか

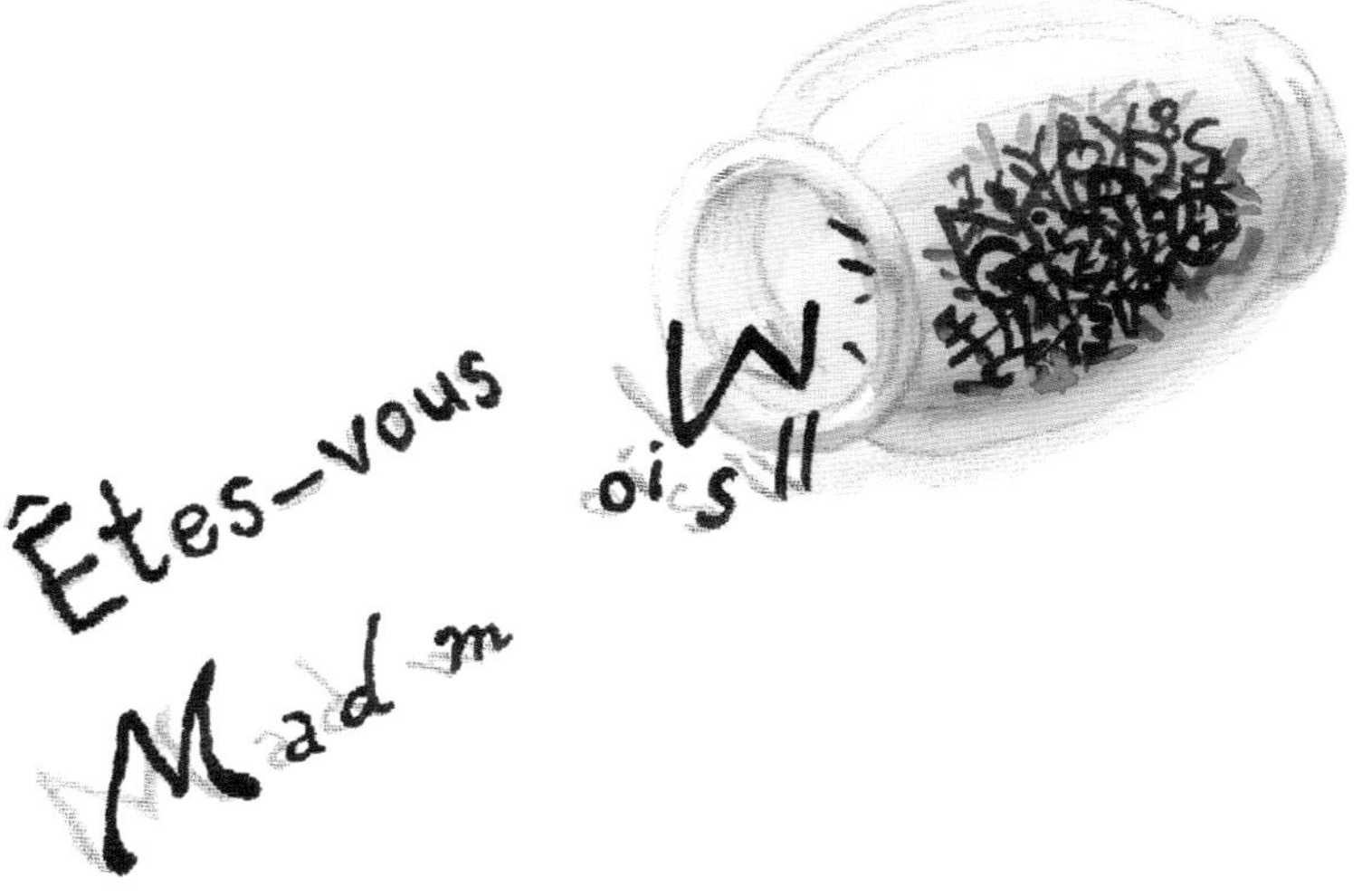

めるんだよ。その人にしか答えがわからない質《しつ》問《もん》をいくつも出したり、手紙のやりとりをしている二人だけのひみつの合言葉《あいことば》をいわせたりするんだ。本人だとたしかめられなければ、けっしてメッセージを見せてはくれない。

わたしはこの文字虫を、パリのパッサージュにある（パッサージュというのはアーケードつきの古い商店街《しょうてんがい》のことだよ）、古い手紙やら葉《は》書《がき》やらをあつかう店で見つけたんだ。そういった手紙は、戦争《せんそう》のときに兵士《へいし》が愛《あい》する人や家族にあてたものも多くてね、このびんもそういうたぐいのラブレターなんじゃないかと思った。

パリで借《か》りていた風呂《ふろ》なし一間《ひとま》のアパルトマンに帰ってから、さっそくびんをあけてみると、読みかたを教えてくれた店の人のいうとおり、びんのなかから小さなかぼそいアルファベットの虫たちが出てきて、さっそく質問《しつもん》が始まった。

『エットヴゥ、マドモアゼル・マリー・ベルナール？』

《あなたはマリー・ベルナールさんですか？》って、フランス語の文章で、きちんとならんで聞いてきた。もちろんわたしゃ、マリー・ベルナールなんていうしゃれた名前じゃないけどさ、手紙を読みたかったから、『ウイ！』と返事をしたよ」

「そしたら？」

「そしたら、《こちらはムッシュー・ユーゴー・ルロワの手紙ですが、このかたにお心あたりは？》と聞かれ、もちろん心あたりなんてあるはずないけど、『もちろんありますわ』と答えたんだ。すると今度は、《二人がいつも待ちあわせをする場所はどこでしょう？》と、まるでクイズだよ。ははあん、これが合言葉《あいことば》なのだな、と思って、恋人《こいびと》たちがいかにも待ちあわせしそうなカフェの名を、かたっぱしからいってみた。だけど文字虫《もじむし》は、《ノン、ノン》の一点ばり。あげくのはてには《もうじゅうぶんです。さようなら》と、ぞろぞろびんにもどって、内側《うちがわ》からふたをかちん、と閉《し》めちまった。わたしはほんとにがっかりしたけど、だんだん、その手紙を読みたいという好奇心《こうきしん》よりも、この手紙をちゃんととどけてあげたい、という気持ちがわいてきてね」

「これは、とどかなかった手紙なの？」

郵便はがき

料金受取人払郵便

牛込局承認

8554

差出有効期間
2018年11月30日
（期間後は切手をおはりください。）

162-8790

東京都新宿区市谷砂土原町 3-5

偕成社 愛読者係 行

ご住所	〒□□□-□□□□ 都・道 府・県 フリガナ	
お名前	フリガナ	お電話
ご希望の方には、小社の目録をお送りします。 ［希望する・希望しない］		

本のご注文はこちらのはがきをご利用ください

ご注文の本は、宅急便により、代金引換にて１週間前後でお手元にお届けいたします。本の配達時に、【合計定価（税込）＋代引手数料 300 円＋送料（合計定価 1500 円以上は無料、1500 円未満は 300 円）】を現金でお支払いください。

書名		本体価	円	冊数	
書名		本体価	円	冊数	
書名		本体価	円	冊数	

偕成社 TEL 03-3260-3221 ／ FAX 03-3260-3222 ／ E-mail sales@kaiseisha.co.jp

＊ご記入いただいた個人情報は、お問い合わせへのお返事、ご注文品の発送、目録の送付、新刊・企画などのご案内以外の目的には使用いたしません。

★ ご愛読ありがとうございます ★

今後の出版の参考のため、皆さまのご意見・ご感想をお聞かせください。

●この本の書名『 』

●ご年齢（読者がお子さまの場合はお子さまの年齢） 歳（ 男 ・ 女 ）

●この本のことは、何でお知りになりましたか？

1. 書店 2. 広告 3. 書評・記事 4. 人の紹介 5. 図書室・図書館 6. カタログ

7. ウェブサイト 8. SNS 9. その他（ ）

●ご感想・ご意見・作者へのメッセージなど。

ご記入のご感想を、匿名で書籍の PR やウェブサイトの感想欄などに使用させていただいてもよろしいですか？ 〔はい ・いいえ〕

＊ ご協力ありがとうございました ＊

偕成社ホームページ http://www.kaiseisha.co.jp/

Facebook もやっています！

「おそらくそうじゃないかと思ってね。それでユーゴー・ルロワという人とマリー・ベルナールという人をさがしだして、手紙をどちらかの手に返そうと決めたのさ」

「それなのに、どうしてここにあるの？」

「なかなか、痛《いた》い質問《しつもん》をするね。そう、とどかなかった。というより、とどけなかった、というべきか……」

「二人は見つからなかったの？」

「いいや、見つかった。思っていたよりはかんたんに。わたしは二人をさがそうと心に決めたときから、まるで探偵《たんてい》になったような気がして、わくわくしていた。どんなことがあっても、この明晰《めいせき》な頭脳《ずのう》でもってのりこえていこう、といきごんでいた。先に見つけたのはムッシュー・ユーゴー・ルロワだった。大きな図書館でぶあつい名簿《めいぼ》をさがしたら、見つかった。

彼《かれ》はね、戦争《せんそう》で死んでいたんだ。名簿にのっていた住所をたずねると、だれもいないみたいだった。ドアをノックしても返事がないし、家もだいぶ傷《いた》んでいたから、人がいないことはわかるのだけど、なんとなく、わたしはあきらめきれなくて、しつこくドアをノックしてぐずぐず立ち去らずにいた。音のしない雨がふっていたよ。

するとそこへ、一人のムッシューが近づいてきた。とてもしずかな、内気そうな目をした、やせた男の人だった。

『もうその家には、だれも住んでいないよ』

わたしがなぜたずねてきたのか、文字虫《もじむし》を見せながらわけを話し、マリー・ベルナールさんを知らないかと聞くと、

『ああ！　ユーゴー！　おお、マリー！』

と悲しそうに小さくさけんだ。そのムッシューはこの近くに住む、二人の幼《おさな》なじみだった。そして二人がどれほど仲《なか》のいい恋人《こいびと》どうしだったかも知っていた。

『マリーさんは、いまもご健在《けんざい》ですか？』

と聞くと、『ウイ』という。

マリーさんはユーゴーさんの帰りを待っていたけど、ユーゴーさんは戦争が終わっても帰らず、国は彼《かれ》が死んだものとした。そのあとマリーさんはべつの男の人と結婚《けっこん》したんだそうだ。彼女《かのじょ》がいまどこにいるか知っているかとたずねると、知っているという。バスにのって、となり村に住む彼女の家までムッシューはいっしょについてきてくれた。バスのなかでムッシューは、マリーさんとユーゴーさんのことをぽつりぽつりと話してくれた。

『わたしたち三人は、ほんの小さな子どものころから、いつもいっしょでした。マリーは村のどのむすめよりも美しかったが、とてもおてんばでした。おもしろい遊びを考えだす

名人で、わたしたちは毎日、日がくれるまで野山をかけずりまわっていたものです。だれにも手のつけられない、美しきじゃじゃ馬のマリーだったけれど、ユーゴーのいうことだけは、おとなしく聞いた。ユーゴーの、くしゃっとくずれる笑顔《えがお》と、いつも寝《ね》ぐせがついたやわらかいかみの毛は、どんな人の心もなごませた。小さいながらやさしい強い心の持《も》ち主《ぬし》で、男から見てもあこがれるような少年でしたよ。

やがて二人とも、それはきれいな若者《わかもの》にそだって、だんだんと、そう、二人はわたしを仲間《なかま》はずれにこそしなかったけど、三人のバランスがかすかにかわったのを、わたしもかんじはじめた。そうしていつしか、二人の友情《ゆうじょう》は恋にかわった。二人がいっしょにいるとその場がぱっと明るくなって、だれもが見とれずにいられない、そんな恋人たちだった。さあ、つきましたよ』

バスをおりて、マリーさんの家のそばまで来たとき、ムッシューは『ここからは、一人で行きなさい』なんていうんだ。

『どうして？　いっしょに来てくれたほうが心強いし、それにあなたもマリーさんのおともだちなんでしょう？　ひさしぶりにお顔を見たらいいじゃありませんか』

『いやいや、それはありえない。ぼくはここで帰るよ。それでは』

ムッシューはくるりと背《せ》を向けて、霧雨《きりさめ》のなかを去っていった。わたしは、声もかけら

れずお礼もいえず、ぼんやり見送ることしかできなかった。

そんなわけでしかたなく、ひとりでマリーさんの家の戸口に立ち、ベルを鳴らすと、美しい中年の女の人が出てきた。栗色《くりいろ》のカールした豊《ゆた》かなかみの毛が肩《かた》にかかり、細く浮《う》きでた鎖骨《さこつ》に、小さなダイヤがひとつぶ光っていた。知性《ちせい》と気品にみちた茶色の目の奥《おく》に、野性的《やせいてき》なものがまだ、かがやいているのがわかる。

『ボンジュール。おやまあ東洋《とうよう》のかわいらしい妖精《ようせい》さんが、なにかご用かしら？』

少しだけ人をからかうようなその態度《たいど》は、かつてのいたずら好きな少女のまま。ムッシューの話どおりの人だった。

ところがわたしが、『ムッシュー・ユーゴー・ルロワをごぞんじですよね？』というと、きれいな顔が凍《こお》りついた。

『……いいえ、知りません』

わたしゃ度肝《どぎも》をぬかれたよ。知らないたぁ、思ってもみない返事だった。

『あなたはマドモアゼル・マリー・ベルナールですよね？』

『いまはマリー・デュボアです』

『あ、失礼、マダム・デュボア、でも、あなたはムッシュー・ルロワをごぞんじのはずです。わたし、ユーゴーさんがあなたにあてた文字虫《もじむし》を持っているんです。あなたにとどけたい一心《いっしん》であなたをさがして、こうしてたどりついたわけなんです』

わたしが文字虫のびんを彼女《かのじょ》のほうへつきだすと、彼女はかたくした体をひいて、『お帰りください』と、ドアを閉《し》めようとした。

『あ！　待ってください！　なぜですか？　あなたの恋人《こいびと》の手紙なのに？』

『いまさら……いまさらどうなるっていうんです、そんなむかしのこと……そっとしておいてください』

なにもいえないわたしの目のまえで、とびらはぴしゃりと閉められた。あんまりな反応《はんのう》におどろいてしまって、わたしはしばらくその場につっ立っていた。こんなの、あのムッシューでも想像《そうぞう》しなかったと思うよ」

「どうしてマリーさんは手紙いらないっていったの？　ユーゴーさんのこと、きらいになったの？」

「ふふ、やっぱりそんなふうに思うかい？　わたしもそのころは若《わか》かったから、マリーさんの気持ちがさっぱりわからなくてね、なんて冷《つめ》たい女だろう！　と、腹《はら》がたったんだ。なにがなんでも手紙を読ませてやりたいような気持ちにかられて、よっぽど、びんを戸口に置いてこようかと思ったよ。

でもさいごに見た、マリーさんの苦しそうな青ざめた顔がちらついて、この手紙を無理《むり》におしつけるのは、彼女《かのじょ》をきずつけることになるような気がしてね。悲しくって、くやしくって、帰り道はびんを抱《だ》いて泣《な》きながら歩いたよ。

パリにもどっても、まっすぐアパルトマンへもどる気がしなくて、カフェに立ちよった。雨にぬれて寒かったしね。カウンターであまいムスカ酒をたのんで、ぼんやり考えているうちに、この腹《はら》だちは自分のことがくやしいのだなあと思った。あさはかな自分が、ほとほといやになっちまった。浮《う》かれた探偵《たんてい》きどりで、いいことしてるんだって信《しん》じきっていたんだから、わらっちまうね。ひとの人生の重みも考えずにね。そのときのわたしは、ほんとにぬれねずみみたいな、みじめな気分だった。

そこへふと、かわいた毛布《もうふ》みたいなあったかい声がした。

『文字虫《もじむし》かあ……これまたなつかしい』

横を見ると、仕立てのよさそうなツイードのジャケットを着た、品のいい、白髪《しらが》まじりの男の人が、わたしの手にした文字虫を見ていた。

『それはラブレターかね？』

『はぁ、まぁたぶん……あ、でも、わたしあてじゃないんです』

わたしが一部始終《いちぶしじゅう》を話すと、その人は深くうなずきながら、だまって聞いていた。

『おじょうさんは〈文字虫の悲劇《ひげき》〉を知っているかね？』

そのおじさまが話してくれたものがたりは、悲劇《ひげき》としかいいようのないひどい話だったよ、ほんとに。そもそも文字虫《もじむし》を発明したのは、フランスの錬金術師《れんきんじゅつし》だった」

「れんきんじゅつし？」

「そう、錬金術をやる人のこと。錬金術っていうのは、金《きん》ではないものから金を作ろうとしたむかしの秘術《ひじゅつ》で、いわばいまの科学の始まりだね。科学によって発明された文字虫ではあったが、はじめに注目したのは恋人《こいびと》たちだった。文字虫は愛《あい》をつたえるために使われたんだ。ところが、時代はおそろしい方向へと向かっていた」

「おそろしい方向……？」

「戦争《せんそう》だよ。戦争中、文字虫は軍《ぐん》のひみつの指令《しれい》をつたえるものとして使われるようになった。たしかに、暗号文《あんごうぶん》としてはうってつけだよね。でも当の文字虫たちは、びしっとすじが通ってて、ほんとに粋《いき》だよ」

「いき？」

「そうさ。とてもかっこいい虫たちだ。ほんらい自分たちがつたえるべきものは、愛の言葉だっていうんで、戦争の指令の手紙のときは、わざとつづりをまちがえて、ちがうメッセージにかえてしまったり、平和をもとめる交渉《こうしょう》の手紙のふりをしたりしたんだよ。だけど、ついにそのことがばれてね、ほんとうの指令文どおりに整列しろ！　と将軍《しょうぐん》に命令《めいれい》された。けれど文字虫たちはそれを拒《こば》んで、いうことを聞かなかった。すると将軍にナイフでずたずたにされたり、焼《や》かれたり、そりゃもう、ひどい目にあったんだよ」

「かわいそう……」

「こんな虫、ころしたってなんの得《とく》にもならんのに。それからね、文字虫のなかには、ふたつセットのアルファベットがいるんだ。ひとつの単語《たんご》のなかに、つづけて同じアルファベットが必要なときがあるからね。rという字も、セットのがいる。ふたごのrたちはこう考えた。自分たちがいなくなれば、世界は平和になれると」

「どうして?」

「フランス語で戦争は〈guerre《ゲール》〉、rがふたつ入っている。けれど愛は〈amour《アムール》〉。rはひとつだけ。rは、ひとつしかいらない。ふたごのrたちはそう考えて、かたっぽが水にとびこんで、自殺《じさつ》しちまったんだ」

レンちゃんは、なんといっていいのか

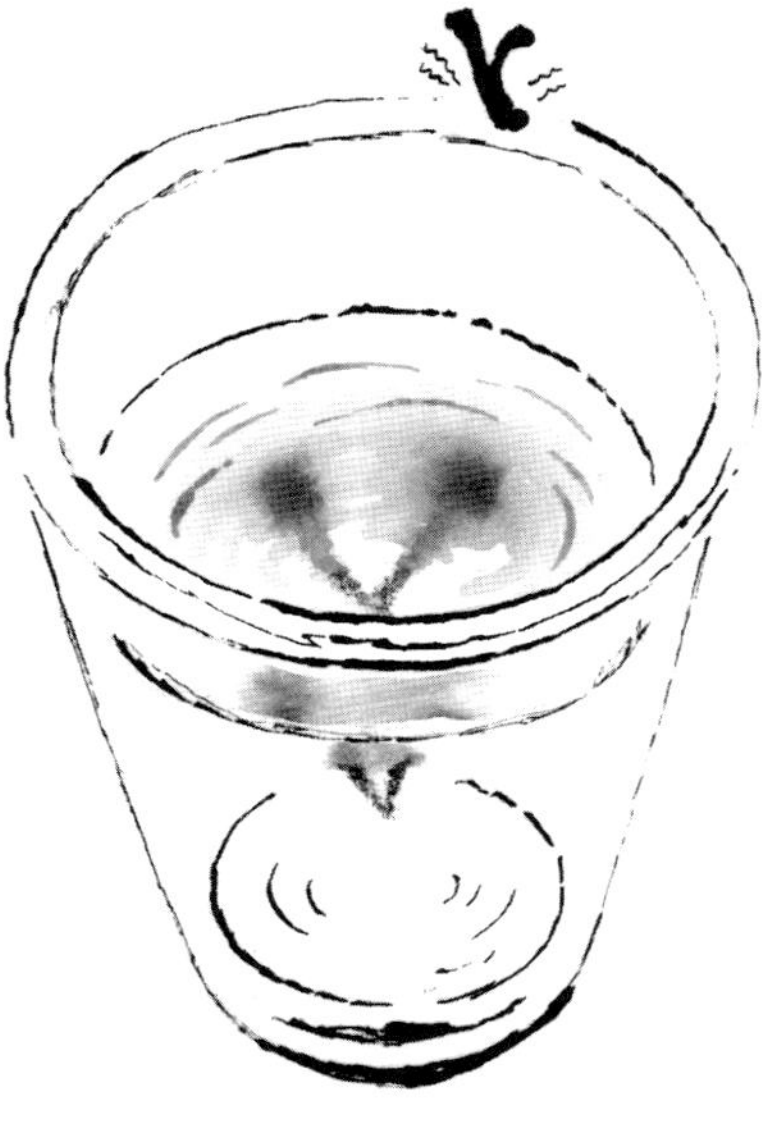

を見つめました。

わかりませんでした。さっきとはまったくちがった気持ちでもう一度、じっと文字虫《もじむし》たち

「このびんの文字虫は、ぜったいにラブレターだよね」

「そう思うよ」

「文字虫たちは、いまもマリーさんに読まれたいと思っているかな」

「うん、そうだろうね。マリーさんの気持ちは、いまのわたしにはわかる気がするけども、やっぱりあの日、マリーさんの家の戸口に置いてくるべきだったんじゃないかって思うよ。マリーさんのためじゃなく、文字虫たちのためにね。いまなお、けなげなまでに、いちずに、手紙としての使命をはたそうと思っている虫たちのことを考えると、ね」

レンちゃんはユーゴーさんがマリーさんに、どんな愛《あい》の言葉をつづったのかを考えると、いままで一度もあじわったことのない、胸《むね》をしめつけるような痛《いた》みにおそわれました。

その夜は、あまりよくねむれませんでした。

すべての望《のぞ》みをかなえる羽《はね》ペン

銀杏堂《ぎんなんどう》のやねに、陰気《いんき》な灰色《はいいろ》の雲がたれかかっている夕方のことでした。ちょうどレンちゃんが店に入ろうとしたときに、なかからやせた男の人が出てきました。

その人は、いらいらしているようで、すれちがいざまにレンちゃんをじろりと見て、なにもいわずにいそいで店を立ち去りました。黒っぽい服を着たその男の目の色に、なぜかレンちゃんは一気にどんよりと落ちこんだ気持ちになってしまいました。お店に入ろうとすると、ぱらぱらと白いつぶが、レンちゃんのワンピースに投げつけられました。

「おっと！　これは失礼。レンちゃんに塩《しお》をまいちまった」

「どうして塩をまいてるの？」

「空気がけがれたからさ。気づいたかい？　あの男の正体《しょうたい》に。まあ、いいわ。お入り」

「あの人、お買い物しにきたの？」

「いいや、売りにきたのさ。これだよ」

高田さんはつくえに無造作《むぞうさ》に置かれた一本の羽《はね》ペンを指さしました。きれいなふわふわの白い羽の根もとに金色のペン先がついていました。レンちゃんはほんものの羽ペンを手にとるのはこれがはじめてでしたが、まるでものがたりに出てくる魔法使《まほうつか》いの弟子《でし》が、魔法学校で使うペンのようだったので、ほしくなりました。

「あの男がいうにはね、運命をつかさどる天使が落としたペンなんだと。その羽は天使の羽なんだとさ」

「わあ、天使の羽！」

「その羽ペンを使って、天使は人間の運命のすじがきを書く。そのペンで書いたことは、すべて現実《げんじつ》になる。だからもしこのペンで書いたらば、どんな望《のぞ》みだってかなうんだそうだ。そう男がいうもんで、わたしは、『どれどれ、ちょっと試《ため》し書《が》きをさせてくださいな』と、その羽ペンでさっそく望みを書いた」

高田さんはつくえの上の、ひらいたままの帳面を見せてくれました。そこには、《いますぐ、わたしのまえからこの男が立ち去りますように》と書いてありました。レンちゃんは目をまるくして、高田さんを見ました。

「はははは。あの男も、そんな顔をしてたよ。鳩《はと》が豆でっぽうくらったみたいな。立ちつくしている男に、わたしはさらにこういってやった。

『あら、どうやらこの羽ペンは不良品《ふりょうひん》のようですね。わたしの望みはちっともかなわないようですけど？』

するると男は気をとりなおして、こう返してきた。

『じつはここだけの話、望みをかなえるには、羽ペンだけでは不十分《ふじゅうぶん》でしてね、セットのインクが必要《ひつよう》なのです。天使の羽ペンとインク、これさえあれば、この世を手にしたも同《どう》然《ぜん》。ほしければ、あなただけに、とくべつにご相談にのりましょう』

そうら来た来た、おとくいのかけひき。こうやってあおって、人の欲《よく》に火をつけようって、こんたんさ」

「セットのインクって、どんなインク？」

「おやまあ、レンちゃんまで。それはね、天使の涙《なみだ》でできた、とうめいなインクなんだってさ」

「わあ、すてき。それ買った？　見たいな」

「インクだろうとペンだろうと、わたしが買うもんかね」

「じゃあ、どうして羽《はね》ペンはここにあるの？」

「それはね、こういうわけさ。

『このペンだけじゃ足りないんだろ？　それじゃ売り物にはならないね。出直しといで。ただし今度来るときは、もっと腕《うで》をあげてからにしてちょうだいよ。だいたいあんた、ここに来るのはもう三回目だっていうのに、三回が三回とも正体《しょうたい》お見通しじゃあ、こっちも張《は》りあいってもんがないよ』

わたしがそういってやると、やっこさん、見るからにあわてていたね。

『おっしゃる意味がわかりませんが。わたしは今日、はじめてこちらにおじゃましたのですよ』
『わたしが見ぬけないとでも思ったのかい？　あんた、先月は若《わか》い女、三か月前には中年の女のすがたで来たろう？　悪魔《あくま》さんよ』
すると男はぎょっとした顔をして、いきなり店を出ていった。図星《ずぼし》だったんだね。あんまりうろたえたもんで、羽ペンをわすれてったのさ」

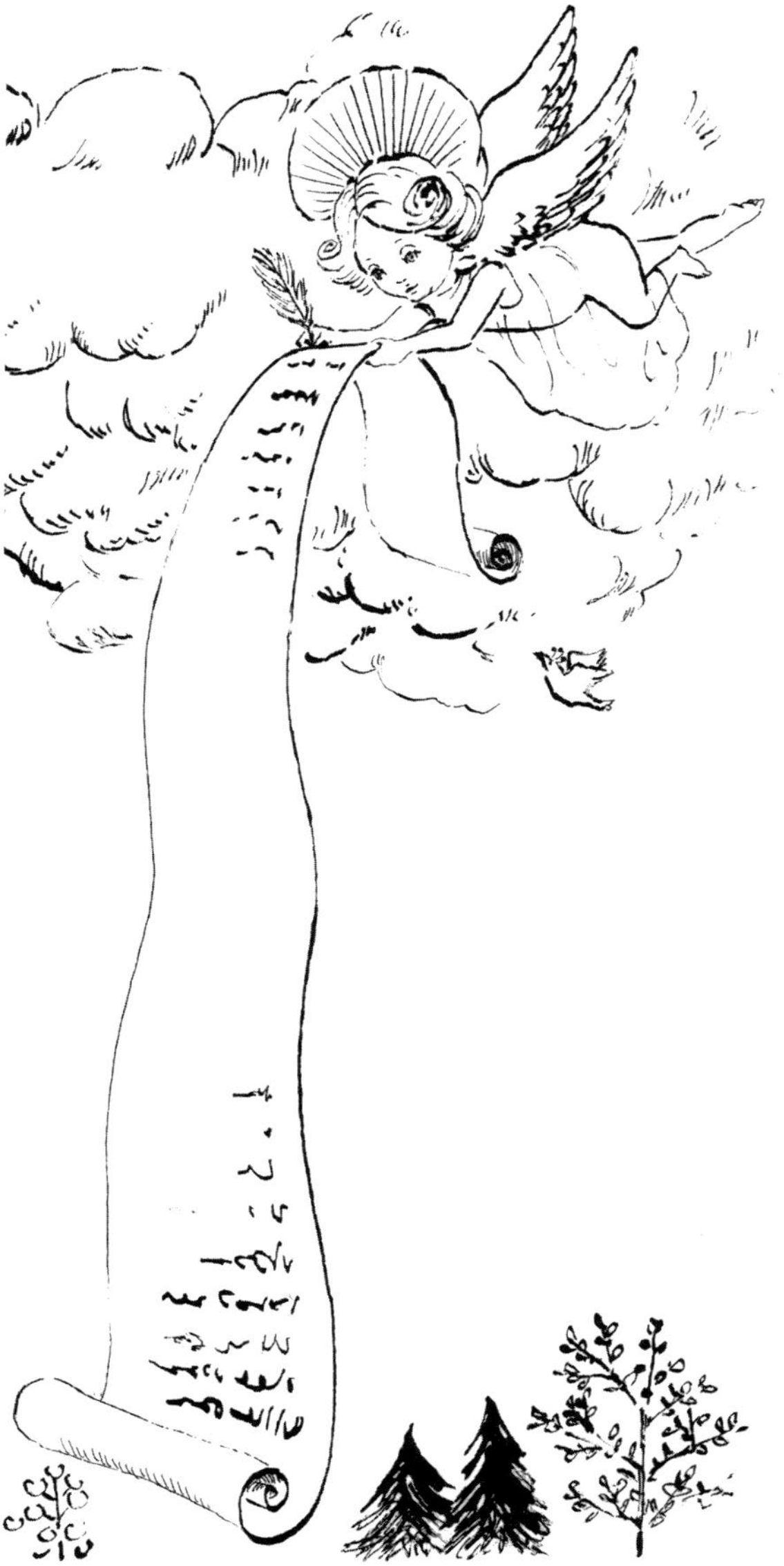

「あの人、悪魔《あくま》なの⁉」

「おそれるこたァないよ。下っぱの悪魔で、たいしたことないから」

「この天使の羽《はね》ペン、にせもの？」

「天使の羽ペンだの、インクだの、そんなものは、ありゃしない。人のだいじな運命をそんな羽ペン一本で気まぐれに決めちまうような、いじわるな天使なんてどこにもいない。それに、もし望《のぞ》みをかなえたいなら、そんなもったいぶったとくべつなペンじゃなく、コンビニで売っているボールペンで十分《じゅうぶん》さ。それでレシートのうらに書いたって、ちゃあんとかなうってことを、わたしは知ってるからね」

「へえー！　そうなんだ。どんなことでも？」

「どんなことでもだよ」

「へえ〜！　やってみようっと」

レンちゃんは自分の筆箱《ふでばこ》と、国語のノートをランドセルからとりだして、仕事をしている高田さんのとなりで、かなえたいことをあれこれ考えたり、書いたりして、その日の午後をすごしました。

溶岩《ようがん》コーヒー

「くしゃん」

「あれ、レンちゃん、かぜかね。寒くないかい？」

「ちょっと寒い」

「さいきん、朝晩《あさばん》冷《ひ》えるからね。よしよし、じゃあ、溶岩《ようがん》コーヒーでもいれてあげようか、とくべつにね」

「溶岩コーヒー？」

「そうだよ。ものすごくあったまるんだよ。体のなかからぽっかぽかにね。かぜなんか、いっぺんにふっとんじまうよ」

「ふうん。それ、苦《にが》い？」

「苦いといえば、少しは苦いかもしれないけれど、でもいわゆるコーヒーではないから、コーヒーの苦みとはちがうね。芳醇《ほうじゅん》なぶどう酒の土くささとでもいうか」

高田さんは台所ではなく、店の棚《たな》から大きめのびんをとりだしました。なかには、黒いかたまりのようなものがみっしりと入っています。この黒いものが溶岩なのでしょうか。溶岩といったら、どかーんと山から噴火《ふんか》して、赤くかがやきながらどろどろと山肌《やまはだ》を流れ落ちてくるもの、とレンちゃんは思っていましたが、びんのなかの岩はそれとはちょっとちがっていました。

高田さんはびんのふたをあけて、なかの黒いかたまりをフォークでがりがりこそげて、くずそうとしています。そのようすから、このかたまりがとてもかたいことがわかります。そんなにまでかたいものを、どうやってびんの口からなかへ、ぴったりおさまるように入れたのでしょう。

高田さんはびんをさかさまにして、フォークで少しけずれた岩のかけらを小皿《こざら》にあけようとしました。さかさにしても、かたまりはびんの底《そこ》にはりついたままでしたが、かけらたちは、しゃらんしゃらんとかわいらしげな音をたてて、小皿の上に落ちてきました。

高田さんはその砂《すな》つぶのようなかけらを湯のみに入れてお湯を少しそそぎ、スプーンでぐるぐるかきまわしました。

「溶《と》けたかな？　よし」

さらにお湯を足し、軽くかきまぜると、レンちゃんのまえに置きました。

「あついからね。やけどしないように気をつけて」

レンちゃんはよく、外でおままごとをして遊ぶとき、水に土をまぜてコーヒーのふりをします。これはその泥水《どろみず》コーヒーにそっくりでした。もしかして、高田さんはおままごとをしているのかしら？　レンちゃんが飲むのをためらっていると、

「いいから、だまされたと思って飲んでみなさい。ほんとにかぜにきくんだから」

レンちゃんはおそるおそる、ひとくちすすりました。

味はそれほどしませんでしたが、草のような薬のような、どくとくの風味《ふうみ》がありました。この香りのせいでなにかとても強いものを飲んでいる、というかんじがしました。舌《した》にざらっとした後味《あとあじ》がのこります。じんわりと、体の芯《しん》があたたまってくる気がします。

「溶岩《ようがん》て、ふしぎな味がするんだね」

「せいかくには溶岩ではないけどね」

高田さんはびんを顔のまえに持ちあげて、なかの黒々としたかたまりをながめながら、いいました。

「この石みたいなものは、サボテンの樹液《じゅえき》なんだよ。別名《べつめい》『地底人《ちていじん》の漢方《かんぽう》』ともよばれている」

「ちていじん？　かんぽう？」

高田さんはお店の奥《おく》から、一冊《さつ》の古びた本を持ってきました。いまにも、もろもろとくずれそうな革表紙《かわびょうし》の本です。背表紙《せびょうし》の糸がほころんでいて、ばらばらにばらけてしまいそう。高田さんは白い手ぶくろをはめると、ゆっくりと表紙をひらき、黄ばんだページをそっとめくりました。

「あった。ほらここ」

高田さんはくるりと天地《てんち》を返して、レンちゃんにその本の中身を見せてくれました。

それは手書きの文字と絵でびっしり埋《う》まったノートでした。外国の文字なうえに、かなりの走り書きでしたので、レンちゃんにはなにがなんだかさっぱりわかりませんでした。けれど、すきまなく書かれた小さな文字や、しつこく丹《たん》念《ねん》に描《えが》かれたスケッチ、なんどもさわったのか、やわらかいティッシュのようにこなれた紙の質《しつ》感《かん》、それらのせいで、ページからもわもわと情《じょう》熱《ねつ》がたちのぼってくる気がして、レンちゃんはすっかりそのノートのとりこになりました。

「この本はね、オークションでお金を出して買ったんだけども、一八〇〇年くらいまえのイギリス人の植物学者の日誌《にっし》なんだよ。オーストラリアの植物を研究していたとき、オセアニアにつたわる伝説《でんせつ》を耳にしたんだそうだ（オセアニアっていうのは、日本よりずーっと南にある国々のことだよ）。それは、〈神のサボテン〉にまつわる話だった。あるところに、神聖《しんせい》なサボテンがあって、その国の人々はそのサボテンのおかげで永遠《えいえん》の命を手に入れた、という伝説らしい。彼《かれ》は植物学者として、そのサボテンに興味《きょうみ》を持って、みずからの足でさがしに行ったんだ。その旅のスケッチがこのページだよ。ノートにはこんなふうに書いてある。

――サボテンは、ほかには植物がいっさい生《は》えない谷に奇跡的《きせきてき》に生育している。サンプルとして、一部を切りとって持ちかえろうと、サボテンの茎《くき》にきずをつけたところ、茎からどろどろの赤い樹液《じゅえき》がしたたり落ち、それが手にかかると痛《いた》みをかんじた。手のきずは水ぶくれになり、はれだした。症状《しょうじょう》からやけどであろうと思われた。かまわずサボテンを切っていると、そこへひとりの見知らぬ人があらわれ、そんなによくばってむやみにサボテンをとってはいけない、必要《ひつよう》なぶんの樹液だけをとりたまえ、という。もし手のきずを手当てしたいのなら、よくきく薬があるからうちへくるといい、というので、彼《かれ》についていくと、地面の下が彼の家だった――」

「地底人《ちていじん》！」

「そうだよ。ほら、この絵ね。なかなか上手だね。

――地底人の家は、巨大《きょだい》なアリの巣《す》のよう。地上は寒いのに、地下はまるでストーブがたかれたみたいにあたたたかい。くらしぶりは、ほとんどなにも持たない、たいへん質素《しっそ》なもののようだ。溶岩《ようがん》とおぼしき小さな水たまりがキッチンのコンロらしい。彼はそのコンロで砂《すな》つぶ状《じょう》のものを湯に溶《と》いた。彼はそれを、〈溶岩コーヒー〉とよんでいた。サボテンの樹液を練《ね》って作った、万病《まんびょう》にきく薬だという。いわば地底人にとっての漢方《かんぽう》のようなものであろう。深い大地のエネルギーをすいあげたサボテンの樹液を飲めば、人は大地と同化して、心と体のバランスをとりもどし、病《やまい》にはおかされない。これが彼ら地底人の哲《てつ》学《がく》なのだ――」

「ふうん。この溶岩コーヒーは、その伝説のサボテンからとったの？」

レンちゃんはまたひとくちすすりながら聞きました。

「ふふふ。そう、なにをかくそう、わたしがこの手でびんづめにしたのさ、伝説のサボテンからね」

「へえ、高田さんが!? どうやって？」

「その冒険《ぼうけん》ものがたり、聞きたいかい？」

「聞きたい！ 聞きたい！」

「よしよし、それじゃ話してあげようね。あそこにあるひざかけを持ってきて、くるまりなさい」

レンちゃんはいすの上に体育ずわりをして、タータンチェックの大きなひざかけにくるまりました。高田さんがレンちゃんの体のまわりにひざかけをぎゅっぎゅっとして、すきまがなくなるようにしてくれました。

さあ、冒険《ぼうけん》ものがたりを聞く準備《じゅんび》ばんたんです。

南極《なんきょく》サボテン

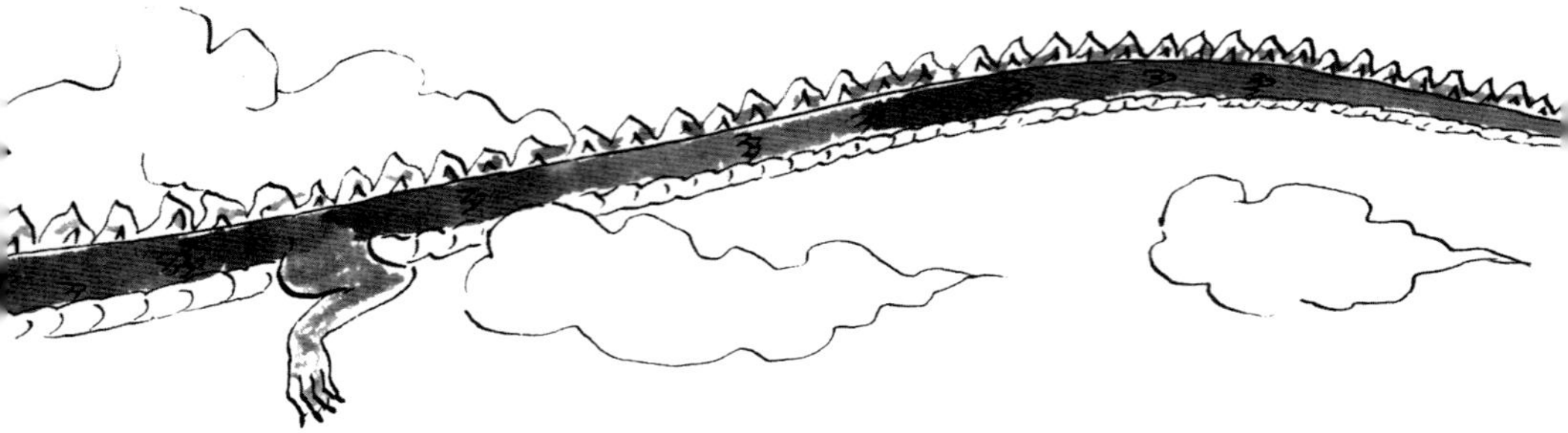

すっかりあたたかくひざかけにくるまったレンちゃんは、高田さんが自分のコーヒーをいれるのを待ちながら、お話が始まるのをいまかいまかと、じりじりしていました。

「わたしはこのノートをながめているうちに、伝説《でんせつ》のサボテンにとりつかれたようになって、寝《ね》てもさめてもそのことばかり考えるようになっちまった。それでついに、この目でサボテンを見にいこうと決心した。とはいえ、どこへ行けばいいのか見当もつかない。どうにかして、サボテンのありかを知りたいと思っていたある日、わたしはこんな夢《ゆめ》を見た。

七色の光にゆらめく竜《りゅう》にのって、わたしは空をとんでいる。見おろせば、はるかにひろがる、乾《かわ》いた大地。山があり谷があり、けれど植物はおろか、命の気配はなにもなく、まるで火星のようだ。竜が〈死の谷〉とささやいた。ほんとうに〈死の谷〉だ、とわたしも思った。

目がさめても、この夢は心につきささって消えなかった。これはいつも見るようなふつうの夢ではない。きっと、サボ

テンがどこにあるのかを教えてくれる夢だったんだ。わたしは夢の意味をいっしょうけんめい読みとこうとした。
まず、場所は、岩だらけのなにもない土地。それから、竜がのこした〈死の谷〉という言葉。それをヒントに、わたしは夢の土地に似《に》ている場所が地球上にないか、図書館でさがしてみることにした。
すると、あったんだ。〈死の谷〉とよばれている、火星のような土地が。それはアメリカ西部《せいぶ》にあった。さあ、いよいよ行く先は決まった。わたしは、旅のしたくを始めた。
ところが、旅立つまえの晩《ばん》に、ふたたび夢を見た。また七色の竜にのっている。目の下には、このまえ見たのと同じ景色《けしき》がひろがっていたけれど、今度は、なにかの生き物のミイラがうちすてられたようにあるのが見えた。そして、ああ、サボテンが生《は》えているじゃないか。サボテンは雪をかぶっていた。すごく寒くて、凍《こご》え死《じ》にそうだった。目がさめると、とてものどがかわいていた。

この夢《ゆめ》を見て、アメリカ西部《せいぶ》というのはまちがっていたかもしれない、とわたしは考えなおした。なぜなら、アメリカの〈死の谷〉は、地球上でいちばん気温が高い記録《きろく》がある土地だ。夢で見たのは、雪もあって、死ぬかと思うほど寒い場所。

そこでアメリカ行きをひとまずやめにして、もう一度このノートをじっくり読みこんだ。すると、重大なことに気づいた。学者の字はクセのある字だし、ところどころ古くなってかすれて見えなくなっていたから、それまで見落としていたんだね。ノートには〈南の寒い土地〉と書いてあったんだ」

「どうして南なのに、寒いの？」

「そう思うよね。わたしたちは、南といったら、くだものがたわわに実るあたたかい国を思いうかべるよね。でも、それは地球の北半球にくらしているからなんだよ。オセアニアの人たちは南半球に住んでいるから、南へいくほど、南極《なんきょく》に近くなって寒くなるんだよ」

「へえ、そうなの」

「そう。けれどオセアニアより南なんて、南極大陸しかない。じゃあ、サボテンは南極にあるのだろうか？　もしあるとすれば、いったい南極のどこにあるのだろうか？　南極大陸はほんとうに大きくて、日本の三十三倍もあるんだよ。あてずっぽうに行くわけにもいかない。そもそも、あんな氷の大地に植物なんか生《は》えているんだろうか？

しらべてみると、可能性《かのうせい》のありそうな場所が南極の近くにあった。フランス領《りょう》の、ケルゲレン島《とう》という小さな島。一年じゅう寒いけれど、ケルゲレンキャベツなど、植物も生えている。キャベツがあるならサボテンだってあるかもしれない。そんなふうに考えて、いちかばちか、わたしはケルゲレン島をめざすことにした」

「ケルゲレン島にあったの?」

「いいや、ざんねんながら。それに、夢《ゆめ》で見た、あの火星のような景色《けしき》はケルゲレン島にはなかった。こんなに遠くまでやってきたけれど、むだ足だったかもしれない。それでもケルゲレン島は、世界の果《は》てのふんいきがあって、いいところのようだったし、わたしはせめて観光《かんこう》をしてから帰ることにした。

わたしはケルゲレン島から出ている遊覧船《ゆうらんせん》にのって、物見遊山《ものみゆさん》と決めこんだ。そのあたりの海はいつも荒《あ》れているらしいのだけど、そのときも波がびっくりするくらい高くて、具合がわるくなる人がたくさんいたよ。まるでジェットコースターみたいに、あがったりさがったり。わたしはデッキに出て、たよりない柵《さく》にひっしでしがみつきながら、そのスリルを楽しんでいた。するとそこへ、とんでもなく大きな波がざっぱーんとおっかぶさってきて、わたしはちっちゃな虫かなんかのように、船からほうりだされた。こんな冷《つめ》たい海に落ちたら、まちがいなく死ぬなァと、かくごを決めた。きっとほんの二、三秒のことなのに、どういうわけか十五分くらいの長さにかんじた。しかもわたしは海には落ちず、なにかふしぎなかたさのものに背中《せなか》があたり、バウンドして、そのままたいらな氷の上に、すべり落ちたんだよ。いったいなにがおこったのかよくわからないままに、わたしは気をうしなった。

意識《いしき》がもどったとき、わたしはまったくわけがわからなくなっていた。自分がどこにいるのかもわすれちまったうえに、ものすごくたくさんの顔がいっせいにわたしをのぞきこんでいるんだ。しかもその顔っていうのが、どうやら人間ではない。混乱《こんらん》した頭でどうにかわかったのは、彼《かれ》らはペンギンらしい、ということだった。

『こら、あっちへ行きなさい』

そこへ、グラスにあたる氷の音を思わせる声がした。

（ああ、人間だ！　助かった！）

わたしはどんなに安心し、うれしかったか！　その声に反応《はんのう》して、ペンギンたちはぞろぞろとわたしのまわりから立ち去り、ばしゃん、ばしゃん、と順番《じゅんばん》に海にとびこんでいく。体をおこしてまわりを見ると、わたしはたたみ二畳《じょう》くらいの大きさの氷の上にのっかって、海をぷかぷか浮《う》いているらしかった。

『ああよかった。生きているみたいね。けがはない？』

氷の声の主《ぬし》は、女の子だった。といっても、ふつうじゃない。まわりの氷山の色にそっくりなアイスブルーの、そでなしのうすいワンピースしか身につけず、コートもマフラーもぼうしも手ぶくろも、それどころか靴《くつ》すらはいていない。はだしなんだよ、あの寒さのなかで！ それに見たことのない風貌《ふうぼう》をしていた。まっ白な肌《はだ》に、これまたアイスブルーの瞳《ひとみ》、雪のような銀色のかみの毛なんだ。わたしはしげしげと見つめてしまった。ずいぶん無作法《ぶさほう》だったと思うよ。そのあげくに、わたしときたら開口《かいこう》いちばん、

『寒くないの？』

なんて聞いちまった。女の子は鈴《すず》の音《ね》みたいにわらったよ。

『寒くないかって？ わたしが？』

彼女《かのじょ》はほんとうにおかしそうにわらっているけれど、わたしはなにがおかしいのかさっぱりわからなかった。

『わたしは寒くはないの。だって、寒さそのものだから』

その言葉を聞いて、わたしはちょっとあきれたね。ずいぶんいかれたおじょうさんだなあと。すると、もっともっといかれたようなことをいうのだった。

『あなたが船から海に落っこちそうになるのが見えて、わたしあわてて、ミンククジラにクッションになるように、おねがいしたの。ちょっとらんぼうなやりかただったけど、海

に落っこちるよりはましだと思って。痛《いた》くなかった？』

いわれてみれば、体がぎしぎしあちこち痛い。

『ペンギンたちの失礼はゆるしてね。けっして悪気《わるぎ》はないの。ただものすごく好奇心《こうきしん》が旺盛《おうせい》で、ゴシップ好《ず》きなの』

たたみかけるふしぎな発言に、わたしは返す言葉もなかった。が、まだお礼をいってなかったことに気づいた。

『助けてくれて、どうもありがとう』

『どういたしまして』

女の子は目をきらきらさせて、わたしを見ていた。そのまなざしは、ペンギンに負けずおとらず強い好奇心にみちていた。さいしょのショックから少し立ちなおったのか、わたしはきゅうに寒さをかんじた。

『うう～寒い！』

おもわずうめくと、

『ああ、ごめんなさい！　気がつかなくて。どこかあたたかくて、やわらかいところで休んでね』

（あったかいおふとん！　それはありがたい！）

とうとつに、女の子は沖《おき》に向かって、なんともすっとんきょうな声を出した。それは声ともいえない、サイレンのような超音波《ちょうおんぱ》のような、「い」と「ひ」のあいだみたいな発音で、とんでもなく高い声なんだよ。すると海のむこうからなにかが、ざぶうんざぶうん、とやってくるじゃないか。目をこらしてよくよく見れば、それは横一列にならんだ五頭のシャチだった。氷のそばまでたどりついたシャチはみんな、従順《じゅうじゅん》な犬みたいに海面から頭を出して、女の子を見あげている。女の子はなにもいわなかったが、シャチはいわれたことがわかったかのように、隊列《たいれつ》をくんで泳ぎはじめた。シャチたちは、ウエーブす

るように順番《じゅんばん》にもぐったり浮《う》かんだりして、やわらかい波をおこした。波はわたしたちの氷にそっとおしよせ、その波にのって、氷はゆっくりと動きはじめた。

『シャチたちはね、このほかにもいろんな波をおこせるのよ。みんなのチームワークで。大波をおこして、氷の上にのっている生き物を海に落とすこともできるし、するどい波で、氷をまっぷたつに割《わ》ることもできるのよ』

シャチたちのすばらしい隊列《たいれつ》はまるで、シンクロナイズドスイミングだった。わたしののっている氷が割れたり、氷から落とされるのはごめんだけど、ほかの技《わざ》も見てみたいなあと思ったよ。

つぎつぎとシャチのおこす波におされて、やがてわたしたちの氷は浜辺《はまべ》に近づいた。女の子はまたさっきのように、おかしな高い声を出した。今度は、あざらしがやってきた。わたしが少しでもぬれないようにと、女の子は氷から浜まであざらしにのるようにしてくれたらしい。あざらしにのるだなんて、想像《そうぞう》できるかい？　どこにつかまればいいのかわからない、とらえどころのない体、しかもとっても不器用《ぶきよう》な歩きかただから、ころがり落ちそうで、まいったよ。

　とにもかくにも、ぷかぷかした氷の上ではなく大地にたどりついて、わたしは心底《しんそこ》ほっとした。いっこくも早く、あったかくてやわらかいふとんにもぐりこみたい。女の子が、こっち、というふうに手まねきしている。

『ここで休んでね』

と、女の子が指さしたのは、なんと！　あたたかなベッドでもおふとんでもなく、たくさんのあざらしのむれだった。

がっくりきちまったし、あざらしの獣《けもの》くささに、鼻がひんまがりそうだったけれど、もう体はつかれきっていて、とにかく横になりたかったから、あざらしのむれに近づいた。あざらしは女の子の考えを読みとっているのか、わたしをこわがりもせず、威嚇《いかく》もせず、やさしく受けいれてくれた。わたしはあざらしたちのあいだに体をねじこんで、横になった。ところがこれがね、毛皮のかんじも案外《あんがい》わるくないし、脂肪《しぼう》でやわらかい体はぶにぶにしていて、わたしの体にぴったりとフィットするし、なによりあったかくて、わたしはあっというまにねむりに落ちた。

つぎに目がさめたとき、あざらしたちはだるそうに、あいかわらず寝《ね》そべったままだった。女の子のすがたは見えなかった。どこにいるのか目でさがしていると、海にひざまでつかっているのが見えた。まるであたたかい島の海辺で波とたわむれているように見えるけれど、いまここはマイナス一〇度はくだらないだろう。女の子は海の水を両手ですくっ

て、こぼさないようにその手をじっと見ながら、しずしずこちらへ歩いてきた。そしてそばまで来ると、その両手をわたしにさしだして、

『どうぞ』

というのだ。

『おなかすいてるでしょ？　オキアミのスープ、どうぞ』

わたしはおとなしい動物みたいに、女の子の手に口をつけて、そのオキアミのスープとやらを飲んだ。海の水をすくったようにしか見えなかったのに、冷《つめ》たすぎず、海水ほどからすぎることもなく、ほどよい塩《しお》かげんでおいしかった。

スープをすっかり飲みほすと、女の子はうれしそうに、にこにこしてわたしを見ている。あんまり見られると、なんだか居心地《いごこち》がわるくなっちまう。そうだ、こんなにふしぎな子なんだもの、あのサボテンのことを、なにか知っているかもしれない。

『伝説《でんせつ》の、寒い国にあるというサボテンをさがしているのだけど、サボテンのこと、なにか知らない？』

『うん、知ってる。この土地に一本だけ生《は》えてる』

女の子はあっさり答えた。知っていると聞いて、わたしの胸《むね》は、どきん！とした。

『その場所に、つれていってもらえる？』

『いいよ。でも、ちょっとあなたには歩くのはたいへん。遠いし、クレバスがいっぱいあるから』

『クレバス?』

『そう、大地のさけめ。でも、雪がかぶっているから、ぱっと見ただけじゃわからない。もし気がつかないでクレバスの上を歩いてしまったら、深い穴《あな》に落ちて、もうはいあがれない』

そんなおそろしいところを歩いていかなきゃいけないなんて。わたしにはとても無理《むり》そうだ。一気に、がっかりしてしまった。

『だいじょうぶ! まいまいつぶろでいこう!』

〈まいまいつぶろ〉とはまた、いったいどういうこと? と思っていると、女の子が、れいの高い声を出した。すると白い雪の原のむこうから、とんでもなく派手《はで》な生き物がやってきた。それは巨大《きょだい》なかたつむりだった。かたつむりといえば、ふつう、つゆどきに、あじさいの葉っぱの上にいるだろ? まっ白な氷の大地の上にいるのは、なんとも奇妙《きみょう》だった。

(これにのっていくだなんて! かたつむりみたいなゆっくりしたスピードでこんな寒いところを進んでいたら、わたしは凍《こご》え死《し》んじまうんじゃないだろうか?)

『さあ、のって！』

あれこれ考えていたこともふきとばすような女の子のはしゃいだ顔は、有無《うむ》をいわせぬかんじで、わたしはなにもいえずに〈まいまいつぶろ〉号にのっかった。

『落ちるといけないから、わたしの腰《こし》にしっかり抱《だ》きついててね！』

かたつむりのスピードなんかでころがり落ちるわけないでしょ、と思うか思わないかのうちに、〈まいまいつぶろ〉号は発進して、わたしはほんとうにふり落とされそうになったよ。あわてて女の子の細い腰にしがみついた。

だってね、〈まいまいつぶろ〉号はとんでもないスピードが出るんだ。まるで、スノーモービルだよ。そういわれたら、のぺっとした体はよくすべるそりみたいだし、あの体なら、クレバスにも敏感《びんかん》に気がつきそうだよね。

女の子の運転はけっこう荒《あら》くて、まるで暴走族《ぼうそうぞく》みたいで、わたしはこわいわ、顔にあたる冷《つめ》たい風が痛《いた》いわで、さいしょは女の子の背中《せなか》に顔をうずめたまま、身をかたくしていた。けれど少しまわりを見るよゆうができると、自分はいま、南極《なんきょく》に来ているんだなあという実感がわいてきた。まわりじゅうなにもない、まっ白な世界。こんなに猛烈《もうれつ》なスピードで走っているのに、ひとつところからまったく動いていないみたいにかんじるくらい、ひろい世界。

どれくらい距離《きょり》を走ったのかよくわからなかったけれど、女の子が、

『ついた』

といった。わたしたちが立っているのは山のいただきだった。頂上《ちょうじょう》のこちら側《がわ》は雪と氷の世界。けれど峰《みね》をさかいにして、眼下《がんか》には、雪も氷もない、むきだしの大地がひろがっていた。立っていられないくらい、乾《かわ》いた冷《つめ》たい風がふく。

そのとき、ほとんど恐怖《きょうふ》に近いくらいの衝撃《しょうげき》が、体の中心からひろがるのをかんじた。なぜってそこは、竜《りゅう》にのって見おろした、夢《ゆめ》のなかの土地だったから。女の子の言葉が、それを証明《しょうめい》してくれた。

『ここは、〈死の谷〉だよ』

わたしはふるえる足で、氷から、土の大地へと一歩をふみだそうとした。

『待って。一人で行くのはとてもあぶない。雪がない国から来た人には、雪と氷の大地よりも、ここのほうが安全に見えるかもしれない。でもほんとうは、雪があるほうがまだ安全。この土地は、雪でさえとどまっていられない』

『じゃあ、いっしょに来てくれる？』

『わたしはいっしょには行けないの。わたしは雪と氷がなければ生きられないから。でも、ともだちをよんだ。もうすぐ、むかえに来るよ』

その言葉どおり、しばらくすると人が近づいてくるのが見えた。それは、なめし革《がわ》のようななめらかな肌《はだ》をした男の子だった。あざらしの毛皮を腰《こし》にまいている以外《いがい》は、ほとんどはだか。

男の子と女の子は、なにもいわないでにっこりほほえみあった。山のいただきをさかいに、白い土地に白い女の子、土の大地に褐色《かっしょく》の男の子が立って見つめあっている。二人は、じゃあ、というようにうなずいた。そして、男の子はわたしに手をさしだした。男の子はまっ黒なきれいな目をしていた。その人なつこい目に見つめられて、わたしはちょっとどぎまぎした。はずかしながら。

男の子の手にひかれて、すさまじい風がふきあれる山の斜面《しゃめん》をなんとかおりた。強い風が命を拒《こば》むような、きびしい土地だった。

地面に、動物のミイラがあった。もしここでわたしがのたれ死んだら、こんなふうにミイラになっちまうのかしら。おそろしい！

『数千年前からあるあざらしのミイラだよ。ずっとここにある。目じるしになって、ちょうどいい』

このときわたしはふいに気づいた。さっき、男の子と女の子があいさつしたとき声を出していなかったように、男の子はわたしにも声を出していない。けれど、なにをいってい

るのかわかる。そういえば、女の子は？　もしかしたら女の子も、声を出していなかったのかもしれない。でもわたしは心で、女の子の声も男の子の声も聞こえている気がするんだ。

乾《かわ》ききった谷に、みずうみがあらわれた。

『塩《しお》のみずうみだよ』

そのみずうみは、こんなに寒いというのに、凍《こお》っていなかった。男の子は、じゃぶじゃぶとみずうみのなかに入っていき、なにかをとってきて、

『これあげる』

とわたしにくれた。

『とってもきれい』

『塩の石だよ』

それは、水晶《すいしょう》のようなとうめいな石だった。

みずうみのそばには、小屋があった。

『この小屋にはずっとまえ、人間が住んでた。たまに、冬になるとここでくらしてた。でも、いまはもう来なくなった』

びっくりしたね。こんな夢《ゆめ》か現実《げんじつ》かわからないような地の果《は》てにさえ、人間はすでに入

りこんでいたんだ。

わたしたちは小屋に入った。くらしていたときのまま、なにもかもそこにあるみたいだった。それこそ、冷凍保存《れいとうほぞん》されているようなものだからね。わたしはなんとなくその小屋から、オイルサーディンの缶《かん》づめと、缶切りと、ガラスびんを失敬《しっけい》した。あとでおなかがすいたり、のどがかわいたりしたときのために。

『行こう、サボテン見たいんでしょ？』

男の子にうながされ、わたしたちは小屋を出て、ならんで〈死の谷〉を歩いた。けれどいまはそれほど、ここがおそろしい気がしなくなっていた。そう、人間の小屋を見つけたからだ。わたしはやっぱり人間なんだ。なんだかんだいっても、人間の気配《けはい》がすると安心しちまうんだもの。

男の子はとくになにも話さず、となりを歩いていた。べつに気まずいってわけでもないんだけど、わたしはなぜか少し男の子の顔色をうかがうというか、おもねる気持ちになってしまうのだった。それでなにか話しかけなきゃ、と思った。

『寒くないの？』

（ああ、まただ！　どうして、こんなばかなことしかいえないのかしら）

男の子はやさしい目でわたしにわらいかけると、

『寒くないよ』

と答えた。そして、自分の腰《こし》にまいている毛皮の話をしてくれた。

『これは動物をころして作ったのではないんだ。毎年秋にあざらしの毛は生《は》えかわる。毛が生えかわるとき、あざらしはむずむずしてかゆいらしくて、おたがいの体をこすりつけあってる。そういうときに行って、あざらしの体をかいてあげると、あざらしは気持ちよさそうにして、とってもよろこぶんだよ。そして、かいてあげたついでに、ぼろぼろとはがれ落ちた毛皮を拾ってもらってくるんだ。それをつなぎあわせて作った服なんだよ』

そんな話を聞いたり、だまったりして、しばらく谷を歩いていくと、奇妙《きみょう》な形をした岩があった。強い風のせいで、かたい岩でさえもけずられて、へんてこな怪物《かいぶつ》みたいな形になってしまうんだ。その怪物岩のかげにまわりこむようにして進むと、みごとな地層《ちそう》のしまもようの岩壁《がんぺき》があらわれた。岩壁は両側《りょうがわ》からせりだしてきて、道を作り、まるで巨大《きょだい》な迷路《めいろ》のようになっている。うねうねとした天然《てんねん》の迷路を奥《おく》へ奥へと進むと、やがてぽっかりあいた空間があらわれた。

『ほら、南極《なんきょく》サボテンだよ』

ああ！　ついにたどりついた！　サボテンはほんとうにあった。想像《そうぞう》していたよりもずっと大きく、堂々《どうどう》とそびえたっていた。

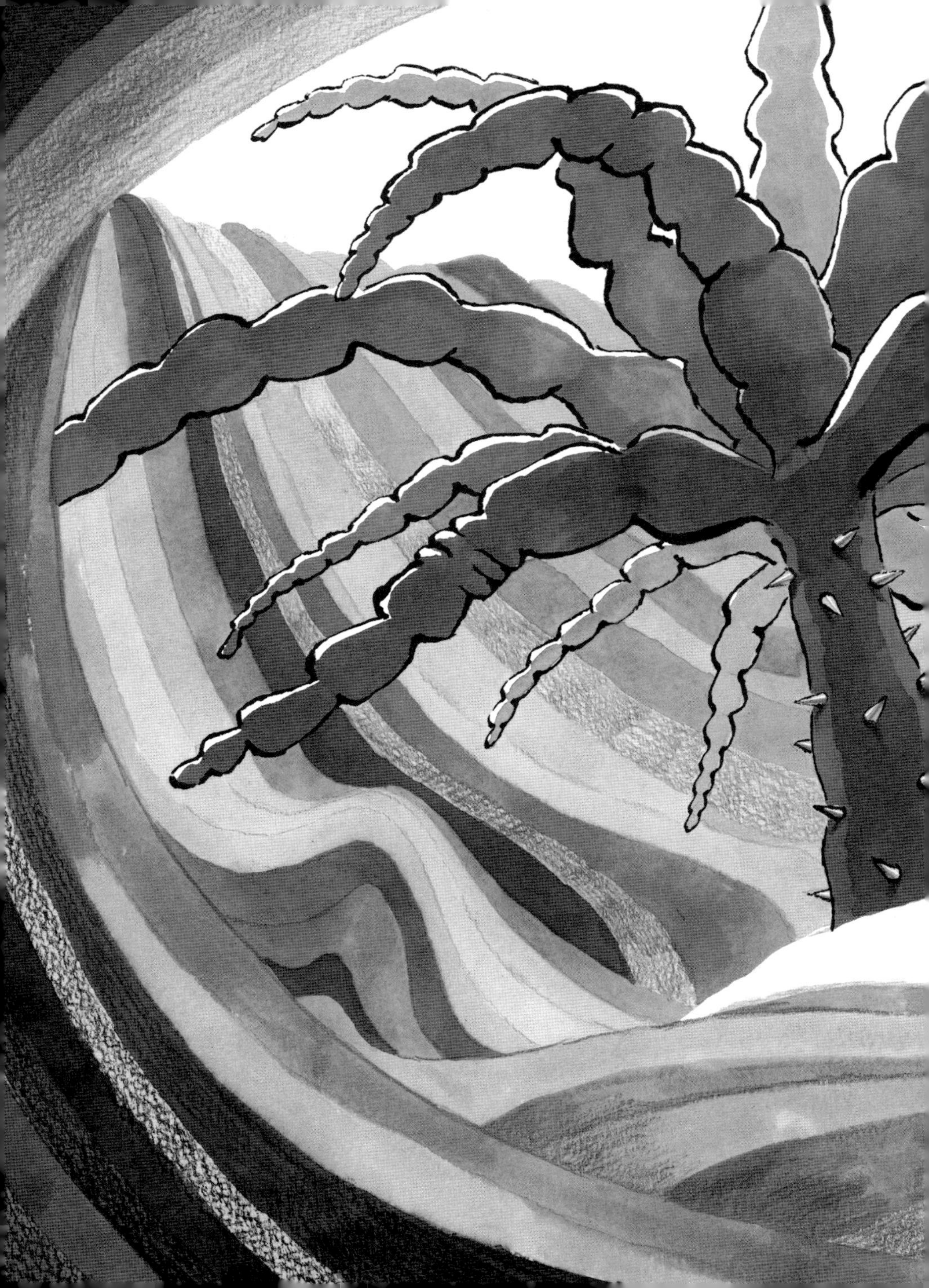

その場所にだけ、どういう風のふきまわしか（言葉どおり！）、雪がサボテンのまわりにからみつき、その空間にふきだまりになっていた。この乾《かわ》ききった〈死の谷〉のなかで、唯一《ゆいいつ》の水分である雪をまわりにたくわえておくことができる、そういう奇跡《きせき》のような場所なのだ、ここは。

ふと見ると男の子は、大きな雪のかたまりを胸《むね》にかかえている。そして、

『すぐにむかえに来るから、ここにいて』

といって、立ち去ってしまった。もしむかえに来てくれなかったら、たいへんなことになるなあと思いながらも、一人になれて少しうれしかった。

わたしはサボテンの樹液《じゅえき》をとろうと思った。

（そうだ、小屋から持ってきた缶切《かんき》りでサボテンにすじを入れて、このびんに樹液を集めればいい！）

茎《くき》に缶切りの刃《は》をあてると、

『いたっ』

サボテンのとげが手にささった。大きなサボテンだからとげも太い。けがした指から血がにじみはじめた。サボテンからも、樹液がにじみはじめた。樹液は、溶岩《ようがん》みたいにまっ赤に発光していて、湯気がもうもうたっている。したたる溶岩のような樹液は下に落ちる

と、雪をじゅうっと溶《と》かした。わたしの指から流れた血もまた赤く、小さな湯気をたてていた。冷《つめ》たいサボテンの表面の下にはこんなにあつい、まっ赤な樹液が流れている。冷《ひ》えきったわたしの皮膚《ひふ》の下にも、赤い、あつい血が流れている。そしてこの地球も、氷や雪の大地の下にあつくまっ赤にたぎるマグマをたたえている。サボテンも、わたしも、地球も、みんな同じなんだ。生きているんだ。

ガラスびんに樹液を集め、男の子を待ちながら、このふしぎな景色《けしき》をながめた。カメラなんか持ってきていないから、ぜったいにわすれないように、すべてを心にしっかり焼《や》きつけようと思った。サボテンの下にすわって上を見あげると、地層《ちそう》のしまもようの美しい絶壁《ぜっぺき》にかこまれて、雪が風にのってらせんを描《えが》いて落ちてくるのだった。サボテンは毎日ここで動かず、こうやって舞《ま》いおりてくる雪をながめてくらしているのだなあと思った。音はなにもしなかった。動いているのは雪だけ。雪だけが、ここでは時《とき》をかんじさせるものだった。

しばらくすると男の子がもどってきた。わたしはじっとすわっていたせいで、すっかり体が氷のようにかたまってしまった。男の子はいった。

『もう少し歩けばくじら湾《わん》につくから、そこで人間の船にのれるよ。でもそのまえに、ちょっとよってほしいところがあるんだ』

そこでわたしたちはサボテンとわかれ、岩の迷路《めいろ》をもどり、また広い谷へ出た。少し歩くと、小さな穴《あな》と大きな穴があった。小さな穴には水たまりができていて、湯気がたちのぼっていた。男の子は大きいほうの穴を指さして、

『入って、横になって』

といった。たしかにそれは人がちょうど横たわれるくらいの大きさの穴だった。

男の子は、横たわったわたしの体にそっと土をかぶせてくれた。ちょうど、海岸でこんなふうに砂《すな》に埋《う》まってる人を見たことあるだろ？　わたしは顔だけ出して、あたたかい土につつまれていた。顔は寒いけど体はぽかぽかで、まるで露天風呂《ろてんぶろ》に入ってるみたいだった。男の子は、小さい穴のほうにたまっている水と、黒っぽい砂つぶをてのひらの上で練《ね》って、さらに水たまりの水をすくって砂つぶとまぜあわせると、それをわたしの顔に近づけた。

『溶岩《ようがん》コーヒーだよ。とってもあたたまるから、飲んで』

そう、いまレンちゃんが飲んでいるのと同じ、溶岩コーヒーだよ。わたしは男の子の手から、それを飲んだ。ほんとうにびっくりするくらい、あたたまった。気持ちよくなって、うつらうつらしていると、ときおり、

どどーん　どどーん

と、遠くで鈍《にぶ》く大きな音がひびいていた。

『あの音はなあに？』

『エレバス山さ。火山が噴火《ふんか》しているんだよ』

（ああ、だからここは地面の下があたたかいのだ。じゃあ、小さな穴にたまっていたのは温泉《おんせん》かしら？）

『ちがうよ。ここは、乾《かわ》ききった大地だから、温泉はわかない。さっきの雪のかたまりを、穴をほって溶《と》かしたんだ』

男の子はわたしのために雪を溶かして水を作り、体をあたためられるように、この大きな穴もほっておいてくれたんだ。

『どうもありがとう』

『どういたしまして』

さいごのありがとうは、わたしは声に出さず、心でいった。男の子もほほえむと、心でこたえてくれた。

海岸につくと、沖《おき》に船がちょうどよくいた。男の子のいったとおりだった。わたしは、おーい、おーいと両手をふって、船に合図《あいず》をすると、船から救命《きゅうめい》ボートで人がむかえに来てくれるのが見えた。

『わー、よかった！　ね！』

と男の子をふりむくと、そこにはだれもいなかった。おどろくと同時に、こうなることが心のどこかでわかっていたような気もした。

とにもかくにもわたしは助けられ、ノルウェーの捕鯨船《ほげいせん》にのせてもらえた。タスマニア島のホバートという港までわたしをとどけてくれて、そこからオーストラリアのシドニーへ行き、日本へぶじ帰ってきたというわけ」

「その男の子、地底人《ちていじん》だったの？」

「うん、そうかもしれないね。でも、どちらかというとわたしには、精霊《せいれい》のように思えたね」

「女の子も精霊？」

「きっとそうじゃないかな。なぜなら、捕鯨船にのっているとき、デッキの上でオーロラを見たんだ。ノルウェーの人は、オーロラのことを〈精霊のダンス〉というんだって。そのとき、七色に光る巨大《きょだい》な竜《りゅう》のようなオーロラにまぎれて、あの女の子がおどっているのがちらりと見えた気がしたんだ。それに船のまわりではシャチが何頭もおどるように泳いでいた。アイヌではシャチのことをレプンカムイといって神さまだと思ってるし、南米《なんべい》のナスカの人たちも、シャチを神さまとしてあがめているんだよ。なんだかとても神々《こうごう》しい

光景《こうけい》だった」

高田さんはそのあと、男の子にもらったという塩《しお》の石を見せてくれました。

「この塩の石は、日本人が発見して〈南極石《なんきょくせき》〉っていわれているよ。それからこれ」

と、さびた缶切《かんき》りと、これまたさびたオイルサーディンの缶づめも見せてくれました。

「コートのポケットにつっこんだまま、持ってかえってきちまった。いまは法律《ほうりつ》で、南極からはなにも持ってきてはいけないことになっている。だからこんなものを持ってるのは、いくら法律ができるまえのこととはいえ、ひみつだよ。南極石のことも、南極サボテンの樹液《じゅえき》のことともね。それからもちろん、あの男の子と女の子のことも。ま、かりにだれかにいったって、だれも信《しん》じやしないだろうけどね」

「レンは信じる」

「ありがとさん」

レンちゃんは今日おうちに帰ったら、ママに心のなかだけで〈ただいま〉といってみよう、と思いました。

ぼたもちお手玉

お店のとびらをあけると、なんだかもやんとあまい、いいにおいがしました。つくえの上に大きなお皿《さら》があって、そこにたくさんの丸いものが積《つ》まれていました。

「あ、レンちゃん。いいところにきた。手をあらって、おあがんなさい」

「これなに？」

「ぼたもちだよ。できたてほやほやだよ」

手をあらって、ぼたもちをもらうと、それはまえに食べたことのある、おはぎでした。でも、まだあたたかくて、とっても大きくてやわらかだったので、〈おはぎ〉よりは〈ぼたもち〉のほうが、ぴったりの名前のような気がしました。それに〈ぼたもち〉といったほうがおいしそうです。

「あったかいぼたもち、おいしいね」

「そうかい？」

にこにこ顔のレンちゃんに、高田さんはめずらしく、気のない返事です。

「ちょっと作りすぎたかな。レンちゃん、おみやげに少し持ってかえってね」

「わあい、ありがとう」

高田さんもひとつ、ぼたもちをとって食べはじめましたが、なんとなくしずんだ顔をしていきます。そして、ふぅっと、大きなため息《いき》をつきました。

「どうしてわたしはいつも、なんでも多すぎるのかね。ほどよい量《りょう》におさえることが、どうしてこうもむずかしいのかしらん」

「どうしてこんなにたくさん、ぼたもちを作ったの？」

「悲しくてさびしい気分のときは、あまいものが食べたくならないかい？　レンちゃんは悲しいとき、どうする？」

「泣《な》くよ」

「はは、そうだね。それはひとつ、いい方法《ほうほう》だね。どんなときに悲しくなるの？」

「いろんなとき。痛《いた》いときと

か。あと、寒いときも悲しくなることあるよ」

「そうしたら、どうするの？」

「ママが手をにぎにぎしてくれるよ。あと、ママが両手をこすってあっためて、わたしの耳にかぱってかぶせてくれるよ」

「レンちゃんのママはやさしいね」

「うん、やさしいよ。高田さんはいま悲しいの？」

「なんだか、やりきれないんだよ」

「どうして、やりきれないの？」

「だって、銀杏堂《ぎんなんどう》で売ってるものは、全部がらくたで、むだに思えるからだよ」

「がらくたで、むだだと、やりきれないの？」

「やりきれないねぇ。なんの役にも立たないものしか売ってなかったんだと思ったら、ほんとにやりきれない」

「でもこれは全部、お宝《たから》でしょ？」

「お宝だと信《しん》じてたよ、いままではね。だけど津波《つなみ》でなにもかもうしなってしまった人たちを見ていたら、こういうお宝なんて、なんの価値《かち》もない気がしてきたのさ。生活必需品《せいかつひつじゅひん》なんて、うちじゃなにひとつ売ってやしない」

「せいかつひつじゅひんって、なに？」

「生きるのにまず必要《ひつよう》なものだよ。着るものとか食べるものとか。服とか、なべとか。まずさいしょにいるものだよ。骨董品《こっとうひん》なんて、いちばん先にいらないもののような気がしてさ」

「ふうん……」

「もしレンちゃんがなにもかもなくしてしまったら、なにをなくすのがいちばんこまる？　まず、なにがいちばんほしい？」

「うーんとね、おもちゃかなあ。かわいがってるぬいぐるみをなくしたらこまる」

「そうなのかい？」

「そうだよ。ぬいぐるみも、生活必需品？」

「ちがうんじゃないかと思っていたけど、レンちゃんがそういうなら、そうかもしれないね。そうか、おもちゃが必要なのか……」

レンちゃんは三つめのぼたもちにとりかかっていました。高田さんがいれてくれた溶岩《ようがん》コーヒーとぼたもちの相性《あいしょう》は、ばつぐんでした。

「あれ、すっかり外が暗くなってしまった。まだまだ日がみじかいね。おみやげをつつむから、今日はもうお帰り」

銀杏堂《ぎんなんどう》へ来るようになってから、お店にある品物のものがたりを聞かずに帰るのは、これがはじめてでした。

それから二、三日して、またレンちゃんが銀杏堂に来てみると、つくえの上に大きなおぼんがあって、またぼたもちの山がありました。わあい、と近づくと、なんだかこのあいだのぼたもちとはようすがちがって、いろんな色なのです。

「これ、ぼたもちじゃない」

「はっははは。ほんとだ、ぼたもちみたいに見えるね」

高田さんの顔色はこのまえとはうってかわって、明るくキラキラしていました。

「これは、お手玉だよ」

「ぼたもちじゃないのか！」

自分のまちがいにレンちゃんもわらってしまいましたが、お手玉とぼたもちはなんとなく似《に》てる、と思いました。お手玉はどれも、とってもきれいな布《ぬの》でできています。

「レンちゃんはお手玉で遊んだことある？」

「ないよ。でも、やってみたい」

高田さんはお手玉の遊びかたをおしえてくれました。ゆり玉とかよせ玉とか、いろいろな遊びかたがあって、歌いながら、お手玉をほうりなげたりつかんだり。

さいしょはなかなかうまくできませんでしたが、ちょっとできるようになると楽しくて、むちゅうになりました。たくさんわらいながら、高田さんとお手玉をしていると、レンちゃんはあることに気がつきました。

「このお手玉、あったかい！」

「そうでしょう？　このお手玉はね、そんじょそこらのお手玉とはちがうのさ。なにしろ、銀杏堂特製《とくせい》お手玉だからね。ふつうのお手玉じゃあ、ないよ」

「へぇ！　銀杏堂特製お手玉！　どうしてあったかいの？」

「知りたいかい？」

「知りたい知りたい！」

「じゃあ教えるけど、これは企業《きぎょう》ひみつだからね。じつはね、このお手玉のなかには、溶《よう》岩《がん》コーヒーの丸薬《がんやく》が入っているのさ」

「がんやく？」

「そう。溶岩コーヒーを少しのお湯で練《ね》って、ねんどのようになったら、小さくちぎって丸めて玉にして、それを干《ほ》して丸薬にしたんだよ。ふつうは、お手玉のなかには、あずきや大豆《だいず》を入れるのだけど、それらのかわりに、溶岩コーヒーの丸薬を入れたのさ」

「どうして？」

「お手玉をして遊んでいるうちに、こんなふうにあったかくなるからだよ。溶岩コーヒーの丸薬がこすれあって熱《ねつ》を出すんだよ。楽しく遊んであったまったら、ポケットに入れてカイロにもなるだろ？　それに、もしものときにはお手玉をほどいて、コーヒーをいれて飲んでもいい。どんな飲み物よりもあったまるのは、レンちゃんも知ってのとおりさ」

「わあ、べんりだねえ！」

「だろう？　これをね、津波《つなみ》で家をなくした子たちにあげようと思っているのだけど、レンちゃんはどう思う？」

「あったかいし、遊べるし、いいと思う」

「みんな、よろこぶかね？」

「うん、みんな、よろこぶと思う」

「そうかい、よかった。これもレンちゃんのヒントのおかげだよ。寒いと悲しくなるし、おもちゃがいちばん必要《ひつよう》だといってたろ？　レンちゃんがあの日帰ってから、あれこれ考えたのさ。そのとき目のまえに、あの大量《たいりょう》のぼたもちと溶岩コーヒーがあって、わたしゃ、ピン！と、ひらめいちまった。だけど、いまどきの小さい人たちは、もっとすてきなおもちゃで遊んでいるだろうから、はたしてお手玉なんていう、むかしのおもちゃを、おもしろいと思うかどうかわからんかった。お手玉、気に入ったかい？」

「うん、気に入ったよ」

「じゃあ、レンちゃんにもあげようね。好きな柄《がら》のお手玉をえらびなさい」

レンちゃんは、いろんなもようの布《ぬの》でできたお手玉のなかから、気に入った柄のを七つもらいました。どれもかわいくて、えらぶのはなかなかたいへんでした。てのひらにのせると、丸くてあたたかく、まるで色とりどりの小鳥のようでした。レンちゃんは、このお手玉は銀杏堂にあるもののなかで、いちばんすてきだと思いました。

「この布、きれいだね」

「この布はわたしのお母さんがとっておいたはぎれだよ。家族の着物のはぎれだから、この柄ひとつひとつに思い出があるよ。これはお母さんの着物、これはお父さん、これは弟のって、そのときのことを、ありありと思い出せる。ものをうしなうと、どうして悲しいのかといえば、思い出をうしなった気がするからなんだね。いまを生きることもたいせつだけど、人間はそれだけじゃ生きられない。歴史《れきし》や思い出こそ、宝《たから》でもあるんだ。その思い出をものにたくすと、そのものはかがやく。銀杏《ぎんなん》堂《どう》にあるものはみんな、そういうかがやきを持ったものばかりで、がらくたなんかじゃないって、考えなおしたよ」

高田さんは半分ひとりごとのように話しました。それをだまって聞いているうちに、レンちゃんがいまこうして高田さんの話を聞いているこのときも、いつか大人になって記憶《きおく》になってしまう、ということがふいにわかり、まるで大人になった未来《みらい》の自分が体のなかに入って、いまこのときを、自分を通してながめているような、奇妙《きみょう》なかんじがしました。そしてなぜだか、せつないようなさびしいような気がして泣《な》きたくなりましたが、それはふしぎと、いやじゃない、せつない気もちなのでした。

エピローグ

大学通りに、また今年も桜《さくら》がさきはじめました。ねむたくなるような春です。銀杏堂《ぎんなんどう》にはじめて行ったのも、桜が舞《ま》いちる、ぽかぽかした日のことでした。さいしょに店をおとずれたときは、なにが売られているのか、ひとつもわからなかったのに、なんどもかよって高田さんのお話を聞いたので、いまではレンちゃんが知っているものも、だいぶふえました。

今日レンちゃんは学校でいいことがありました。先生に作文をほめられたのです。〈大きくなったらなりたいもの〉についての作文です。レンちゃんは骨董屋《こっとうや》になりたいと書きました。先生はレンちゃんに、みんなのまえで作文を読むように、といいました。はずかしさとうれしさで、胸《むね》がいっぱいになりました。

レンちゃんは大きな声で読みました。

大きくなったらなりたいもの

ながせ　れん

このよには、たくさんの「もの」があります。そしてそれをうるたくさんのお店がありります。わたしはおとなになったら、お店やさんになりたいとおもっています。どんなものをうるお店やさんかというと、それはお花やさんでもケーキやさんでもおようふくやさんでもありません。わたしがうりたいのは「こっとう」です。

「こっとう」ということばをわたしはようちえんのときは、しりませんでした。でもいまはしっています。こっとうは、よくお店でうられているものとはすこしちがいます。どうちがうのかといえば、ぱっと見ただけでは、なににつかうのか、なんのためにあるのか、わからないものなのです。かでんのなかには、どうやってつかうのか、見ただけではわからないものもあります。でも、お店の人にきいたり、とりあつかいせつめいしょをよめば、どうやってつかうのかわかります。それに、なにかのやくにたつものばかりです。ところが、こっとうは、なにかのやくにたつ、べんりなものではないのです。だから、こっとうは、がらくたといわれても、しかたないのです。

けれど、見る人によっては、そんながらくたが、ものすごいたからものなのです。なぜかというと、こっとうには、れきしがあるからなのです。そのものがたりにかんどうした人にとって、そのこっとうは、たからものになるのです。

わたしは、こっとうをもとめて、どこまでもさがしにいくつもりです。そして、じぶんでおはなしできないこっとうのかわりに、こっとうのれきしのものがたりを、おきゃくさんにおはなしするのです。それと、わたしがどうやって手に入れたのかもおはなしして、おきゃくさんをたのしませたいです。わたしは、ただものをうるだけではなくて、ものがたりをうる人になりたいのです。

レンちゃんが読みおわると、先生は、
「ものがたりを売る人、すばらしいですね。それに、ただの骨董屋《こっとうや》さんじゃないですね。銀杏堂《ぎんなんどう》の高田さんのように、〈冒険家《ぼうけんか》〉でもある骨董屋さんですね」
といいました。先生が高田さんのことを知っていたので、レンちゃんはますますうれしくなりました。

高田さんにそのことをつたえたくて、この作文も読んであげたくて、レンちゃんはドキドキしながら桜並木《さくらなみき》を歩いて、銀杏堂に向かいました。ところがなんと、銀杏堂は閉《し》まっていたのです。とびらをあけようとしても、かぎがかかっていて、うんともすんともいいません。レンちゃんはとびらに貼《は》り紙《がみ》がしてあるのに気がつきました。

銀

仕入《しい》れのため誠《まこと》に勝手《かって》ながらしばらくお休《やす》みさせていただきます。
またのお越《こ》しを心《こころ》よりお待《ま》ち申《もう》し上《あ》げております。

レンちゃんは、ただもう、がっかりしてしまいました。今日ほど高田さんに会いたかった日はないというのに。しかも、レンちゃんになにもいわずに、きゅうに店をしばらく休むだなんて。しばらくって、何日くらいかしら？

貼《は》り紙《がみ》には、漢字にちゃんとふりがながふってあります。きっと高田さんが、レンちゃんにも読めるようにしておいてくれたのでしょう。それに、こんなにきゅうに行かなければいけなくなったということは、なにか、よほどすばらしいものが手に入りそうだからかもしれません。しばらく店を休むということは、どこか遠くへ、冒険《ぼうけん》に行ったのかもしれません。

そう考えると、がっかりした気持ちが消えて、高田さんをかっこいいと思う気持ちが、むくむくとわいてきました。これぞ、冒険する骨董屋《こっとうや》だ！　レンちゃんもそうなりたいと書いた作文を、早く高田さんに読んであげたいな。そのときには、高田さんのあたらしい冒険のお話も、また聞ける。

高田さん、今度はどんなお宝《たから》を持ってかえってくるのでしょうね。そのときまで、楽しみに待つことにしましょう。

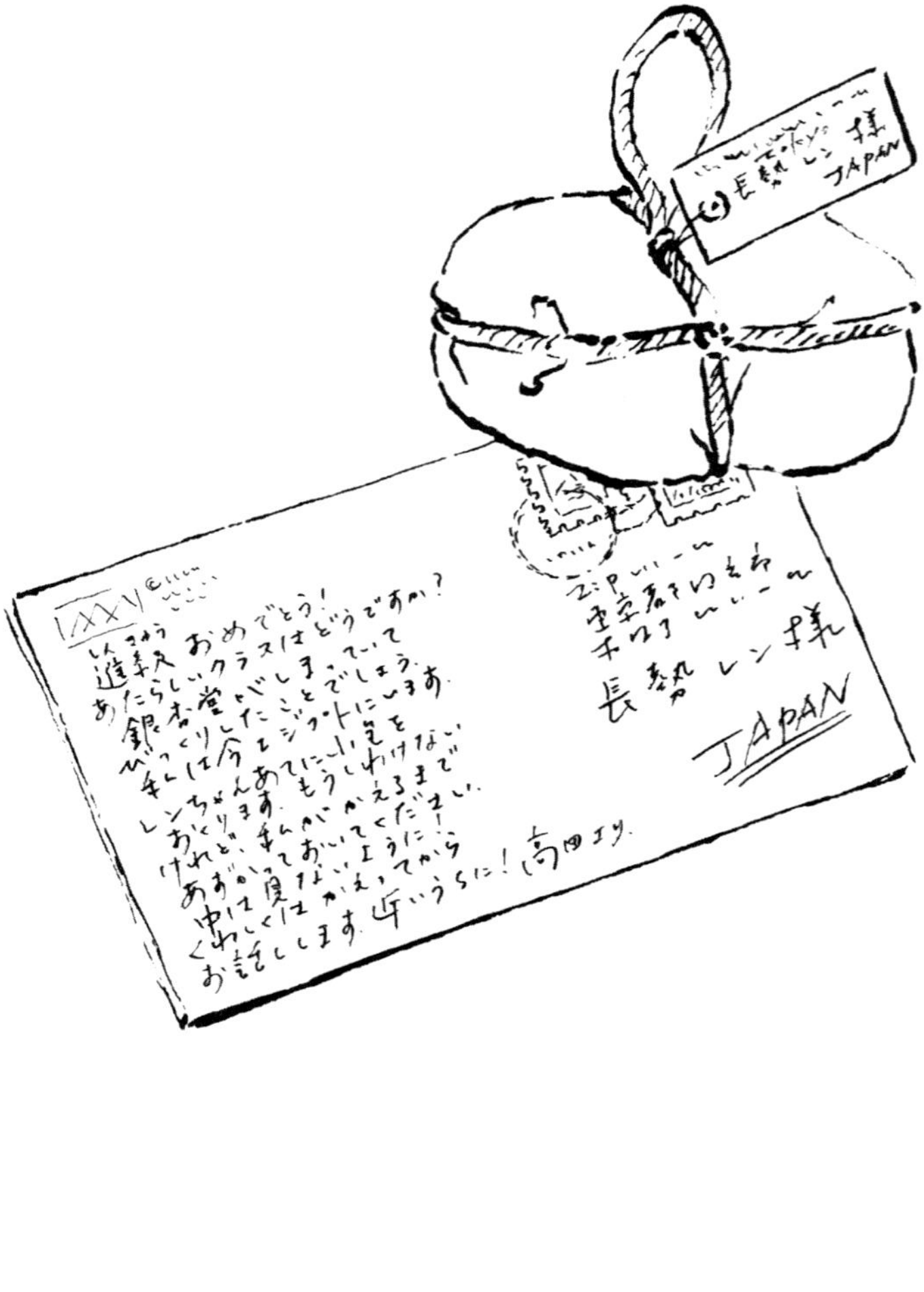

長勢レン様
JAPAN
進級《しんきゅう》おめでとう！
あたらしいクラスはどうですか？
銀杏堂がしまっていて
びっくりしたことでしょう。
私は今エジプトにいます。
レンちゃんあてに小包を
おくります。もうしわけない
けれど、私がかえるまで
あずかっておいてください。
中は見ないように！
くわしくはかえってから
お話しします。近いうちに！ 高田より。
長勢レン様
JAPAN

作者　橘 春香（たちばな　はるか）

1972年生まれ。横浜市出身。武蔵野美術大学視覚伝達デザイン科卒業後、書籍の装画や挿絵、雑誌や広告、映画パンフレットのイラストのほか雑貨デザインを手がけるなどフリーのイラストレーターとして活躍。自作の絵本に『こどももちゃん』（偕成社）、『おしゃれなサリちゃん』（PHP研究所）がある。長編作品は本作がはじめて。札幌市在住。

銀杏堂

2016年12月1刷　2017年6月3刷

作者　　橘 春香
発行者　今村正樹
発行所　偕成社　〒162-8450 東京都新宿区市谷砂土原町3-5
電話 03-3260-3221（販売部）03-3260-3229（編集部）
http://www.kaiseisha.co.jp/
印刷　精興社　製本　常川製本

 NDC913/199p/22cm
ISBN978-4-03-530930-7　Published by KAISEI-SHA. Printed in Japan.